JN191399

目次

【主な登場人物】

婁（ロウ）＝主人公。恋人の死を契機に村を捨て山奥に「おなごの邑（むら）」をつくる。

危（キ）＝婁の父。渡来人の後を受け継いだ天文博士。村の長。

怪羽矢（ケハヤ）＝婁の恋人。婁との仲を嫉妬され村人に殺害される。

山辺皇女（やまのべのひめみこ）＝天智天皇の皇女で大津皇子の正妃。

大津皇子（おおつのみこ）＝天武天皇の皇子。草壁皇子側の謀略で自死に追いやられる。

雀（スズメ）＝山辺皇女の側女。山辺皇女の死を偽り「おなごの邑」に共に避難する。

藤原不比等（ふじわらのふひと）＝墳墓造営の指揮官で草壁皇子の家臣。「おなごの邑」と婁に興味を示す。

緒佐可（オサカ）＝藤原不比等の部下。村の男たちが駆り出された墳墓造営の現場責任者。

梯（テイ）＝都の渡来博士。危のよき理解者。

甲呂魏（コオロギ）＝村の男。墳墓造営に駆り出され、藤原不比等が「おなごの邑」の存在を知るきっかけを与える。

矛呂（ムロ）＝怪羽矢（ケハヤ）の兄。怪羽矢（ケハヤ）が殺されたのは婁のせいだと恨んでいる。

星を見守る父娘

まだ九つを迎えたばかりの少女、婁(ロウ)の目覚めは早い。静寂さの漂う闇から、陽が昇るあと僅(わず)かの薄明時になると、鳥たちの鳴き声があちらこちらで聞こえだす。

この鳴き声。婁(ロウ)には「起きろ、起きろ」と、鳥たちに催促されているかのように聞こえる。今朝も深い眠りから瞬時に目覚めると、寝床から飛び上がり、着の身着のまま裸足で外へ飛び出した。

向かう先は、父が待つお山のてっぺんだ。婁(ロウ)の父は毎夜、星を観察している。趣味が仕事になった羨ましい人である。二上山(にじょうさん)のてっぺんから一晩中夜空を見上げ、海の向こうから伝わった宿図(しゅくず)（星座図）と照らし合わせ、宿図に載っていない星を見つければ、手製の木版へ書き加え、夜を明かすのが父の日課であった。

そんな父は、相手が幼児(おさなご)だろうが構うことなく、頻繁に娘の婁(ロウ)へ星のことを語って聞かせた。

「星の移動を記録し続けるとな、一定の周期があることを知るのだよ。春、山が芽吹く時に現れる星、夏、暑さ最高潮の時に現れる星、秋、恵みの時に現れる星、冬、寒く厳しい時に現れる星。まあ、つまり季節が巡るのと同じように、星も同じ周期で巡っているのだ。だがな、婁（ロウ）よ、季節に振り回されることもなく、ずっと現れている星もあるのだぞ。ほら、あの北の方角にある星がそうだ。

　おう、そうだ。ほら、見よ、月じゃ。今宵は半月だが、弓の形の月もあり、真んまるの月もあるのは婁（ロウ）も知っておるだろ。月も毎日姿を現すが、太陽と同じ刻の出現もあるし、春夏秋冬で現れる場所も異なるのだぞ。真んまるの月から細い月になり、再び真んまるになるまでは、およそ三十日だ。何故そうなるのであろうな……。わしは幼少の頃から毎夜空を仰いでおるが、まだまだ分からぬことばかりだ。この広く果てのない空に、わしの知らぬ星々が数え切れぬほど存在していると思えば、面白くてやめられぬ」

　恍惚としている父が語る夜空の話は、小娘の婁（ロウ）にはちんぷんかんぷんで、けれど、好奇心をそそるには十分な効果があり、分からないながらも、父の隣で夜空を見上げることが大好きになっていた。

　婁（ロウ）の父親は海の向こうからやって来た渡来人でもなく、ヤマトの地に生まれた人にもなれない、都では存在価値もないような山民の子どもだった。その山民の子が、星への執着を見せるようになったのは、今の父と同じように毎夜星を見に来ていたある老人との出会いがきっかけだった。

その老人は博識ある渡来人で、飛鳥の都で天文学を教えていたのだが、頑固者で、かつ教え下手が仇となり、他の天文博士に職を奪われてしまったらしい。らしいと言うのは、老人が語って聞かせてくれたからではなく、幼い頃の危(キ)に、老人がぽつぽつと吐く言葉の端々をつなぎ合わせて得たことだから、確かではないかもしれないが、それに近い状況であることは間違いないだろう。もっとも海の向こうの地では、同職の人々や王家から敬われていた博士だったらしく、都で暮らす渡来人から絶大な信頼を得ていた老人は、政(まつりごと)において未熟の地、飛鳥の都に必要不可欠な存在だったのは間違いない。何故なら職を失っても、わざわざ老人を訪ねてまで教えを乞う人々が後を絶たず、そういう人は自ら望んで足を運ぶわけだから、教え下手などどうでもいい。ただただひたすらに学びたいという真摯な態度で、教えを乞う者たちばかりが老人の元へ集まるようになったというわけだ。

老人が不在なのは常であり、帰宅まで待つのもどうというもこともなく、屋敷は常に教えを乞う書生たちの溜まり場になる。すると整理整頓をする者、飯を炊く者、仕切る者などの役割も自然に成り立っていき、ついには老人の身の回りの世話まで焼くようになっていて、まさに至れり尽くせりの待遇となっていたわけで、職を失ったことは、むしろ幸いだった。

ともあれ、結果老人は、自由に時間を使える立場になった。毎朝の出勤から解放された老人は、毎晩のように星が最も近くに感じられる二上山の頂上へ登り、存分に星を観察する。都周辺には丘のような低い山から、聳え立つような高い山など幾山も数えるが、老人があらゆる山を登った結果、お眼鏡に適ったのが二上山で、遥か先に海が見渡せながらも、気軽に登れるというのが魅力だった。

　また、二上山からの夜空の景色も抜群で、ぐるりと見渡しても遮るものは何もなく、うっすらと浮かぶ山の稜線が人々の暮らす下界と、星々の広がる上界を区切っている。それはあたかも下界が此岸（しがん）で、上界が彼岸（ひがん）であるかのようにも思われるのだ。さらに、夜明け前に広がる世界は、最も神秘的な光景となり、光り輝く上界は、まさしく浄土である。今すぐそこへ行きたい衝動に駆られる恍惚感は、たまらないひと時だった。

　さて、老人が日々二上山へ登っているその頃、婁（ロウ）の父はというと、貧しい山民の人々と同じ、暗闇になれば寝るだけだ。灯りは動物避けの焚火だけ。そういう暮らしの中にいるごく普通の少年だった。

　山で育つ子どもは、年がら年中、山の中を駆け巡るためか、丈夫過ぎるところがある。大人と違い、子どもは計り知れないくらいの体力を持て余している。幼い頃の父もその一人だった。世界は暗闇に包まれている。眠らなければと思うほど、目は冴えていき益々眠れない。身体をあっちに向けたりこっちに向けたり、寝返りを度々繰り返しても、眠気は訪れそうにない。結局外へ出るしかないのだ。月の出ている夜は存外明るい。木を細工してみたり、地面に木の枝で落書きなどして時間を潰していると、眠気も渋々訪れる――というわけである。

そんなある夜、いつものように落書きをしていると、村の外で草木の揺れる音が聞こえてきた。独りぼっちで持て余していた父には、新たな好奇心をかりたてる音である。即座に枝木を放り投げ、音のする方へ駆けだしていた。ザワザワ、ガサガサ、と一定の間隔で聞こえてくる方へ駆けていく間に、その音は、どうやら、人が草木を分けて歩いている音だと気付く。猛獣でないことに多少の安堵を覚えつつ、嬉々として足取り軽く追いかけた。

追いかける人物は山民ではない。山で暮らす人は陽が沈めば寝る。緊急事態でない限り、闇の中を歩くことはしない。それが常識である。ようやく草木の間から、僅かに漏れ出た人の姿を確認した時、父は驚き、思わず声を上げそうになる。軽快な歩みを崩さない人が、見事な白髪を結った老人だったからだ。益々暗闇が深くなる夜に、何故老人が山の上へ行こうとするのか。体力は持つのか。獣に襲われたら迎え撃つ力があるのか。といって、子どもという生き物は深く考えない。それよりも、退屈を払拭できる機会さえあればいい。

するすると老人に追いつくと、そのまま真後ろを歩き始めた。怪訝に思った老人が振り返る。後ろから来た人が、追いついても一向に追い抜く様子がなく、挨拶をするでもなく、黙々と後ろを歩くだけの不審な行動をする者は誰だとばかりに振り返る。なんだ子どもじゃないか。邪気も屈託もないその表情を認めると、老人は何事もなかったように歩みを進めることにした。

　老人が無反応を決め込んだのには理由がある。子どもは面倒くさい。下手に声を掛ければ、馴れ馴れしくなるのは目に見えている。子どもは嫌いじゃないが、面倒くさい生き物なのだ。実に複雑極まりない感性を備えており、静かにしてほしい時はうるさく、賑やかにしてほしい時はおとなしく、天邪鬼(あまのじゃく)さながらで、それでいて、ちょっとでも興味をそそるような物や出来事を見つけると、「どうして？　なんで？」と、大人が返事をするまで機関銃のように攻めてくる。それが鬱陶しいから、放っておくのがいいと思っている。老人の思惑など全く知る由もない幼い父は、拒否しないということは同行してもいいのだと勝手に思い込み、老人の後ろをそのまま歩き続けるのだった。

　老人が二上山のてっぺんに到着すると、父はこれから何が始まるのだろうという期待感がいっぱいで、老人の挙動にいちいち注目してみるのだが、期待は外れ、ただひたすら夜空を見上げているばかりであった。それでも父は空で何かが起こるのかもしれないからと、訳もわからず老人のすぐ横に並び立ち、一緒に夜空を見上げた。

　しかし、父の期待と裏腹に、空で何かが起こる気配はない。村で飽きるほど見ている夜空を、今さら見ても面白くも可笑しくもない。が、ふと老人に視線を移すと、いつの間にか老人は夜空に向かい、指で何かを描く仕草を始めていた。一体何をしているのだと、老人と夜空を交互に首を振り振り注視してみるものの、その意図が全く分からない。これは後々知ることになり、父も同じ仕草をするようになるのだが、老人は星と星をつなぎ、頭の中で宿図（星座図）を作っていた。頭の中に描いているはずが、つい、指も勝手に動いているということだった。父は、その仕草が可笑しく、けれど純粋に楽しそうで、意味も分からないまま老人の仕草を真似ていた。傍から見れば二人で舞を踊っているように見えただろう。

　どちらかというと、星よりも老人に興味を覚えた父は、次第に毎日老人を待つようになった。山へ登り、それぞれが無言で夜空を見上げているだけなのに、いつの間にか老人と過ごす時間が、何よりの楽しみになっていた。無口だった老人も、そばを離れない子どもに情が湧き始めた。夜空を見つつ、天の話を語って聞かせるようになった。字も知らず、ましてや渡来文化も知らない山民の父が、多くを語らずとも、理解を示す様子に驚いた老人は、宿（星座）の仕組みまで教えるようになった。水を得た魚のように、どんどん吸収していく父に、特別な因縁を感じた老人は、ついには名まで与えていた。

　老人が与えた父の名は危（キ）と言う。既に老人の付き人となっていた青年の父は長らく村に戻っていなかった。村の子ども一人がいなくなったからといって、大騒ぎするような村ではなく、親でさえも気が付かない。あるいは気が付いていても、目を瞑るほどの子沢山の家だった。だから父は迷うことなく、親が付けて幼い頃から使っていた名を捨てた。

渡来の教えでは、星の宿は二十八宿あり、その全てに名がある。危は、その宿の中の一つであり、のちに危の娘として誕生する婁という名も二十八宿のうちの一つである。

老人が天へ召されると、膨大な資料と共に後を託された危が、星の巡りを日々観察するようになり、老人を援助していた貴族も、危への継続を表明し、何の懸念もなく天文学へ勤しめている。実は、老人が危へ与えたものは、天文の教えばかりでなく、海の向こうから連れてきた孫も与えた。その孫が婁の母親である。

「とうさ！　おはよう！」

地面に置いた木板に向かい、膝を突きながら書き物をしている父へ、駆け寄る婁が大声で叫ぶ。婁の声に顔を上げた危は、辺りをキョロキョロ見回す。ドサッと勢いよく胸の中に飛び込む愛しい娘を受け止める。

「おお、もう夜明けか。婁の登場が今日の仕事の終わりを告げるな。かあさは？」

火照る婁の温かさを存分に感じつつ、娘の顔いっぱいに広がる汗を袖口で拭ってやった。

「まだ寝てるよ」

老人の孫の婁の母親は身体が弱く、月の大半は床に臥せている。もともと弱い体質であったが、婁を産んでからさらに衰弱が進み、土埃が著しい都を離れ、清浄な空気と澄んだ水のある危の生まれた村へ一家揃って戻っていた。

「かあさを起こさず、良い子だ。では帰るとするか、婁（ロウ）」

そう言いながら娘の頭をなでた危（キ）は、観察用の器材を持ち上げると、そのうちの一つ、手製の木板を婁（ロウ）に差し出した。この木板を持つことで、婁（ロウ）もいっぱしの手伝いをしている気分になるのを分かっている父の配慮だった。

「うん！」

満面の笑みで木板を受け取った婁（ロウ）は、すぐさま左の小脇に抱え、空いたもう片方の手を父に伸ばすと、心得顔の危（キ）は婁（ロウ）へ笑顔を返しつつ、小さな手を大きな手が握った。

動き始めた運命

「なりませぬ！　おひい様！　おひい様が後を追うても、大津様は悲しみこそすれ、お喜びになりませぬ！」

むせび泣きながら、自らの胸に短刀を突き刺そうとしている山辺皇女（やまのべのひめみこ）を、側女の雀（スズメ）が明け方からずっと必死に止めていた。山辺皇女は、夫の大津皇子（おおつのみこ）が自害したのと同じ手段で果てようとしていた。

「何故！　あのお方のいない世など、わたくしには未練もない……」

ついには床に伏せて泣き崩れた。ようやく短刀を離すことに成功した雀（スズメ）は胸を撫で下ろし、しばらく山辺皇女の傍らで背を撫で続け、気持ちが落ち着くのを静かに待った。泣き声が止まり、声を殺して泣くようになった頃を見計らい、雀（スズメ）は諭すように言い聞かせる。

「雀（スズメ）とて、無念で心が張り裂ける思いでございます。ですが……それでも生きねばなりませぬ！」

「……生きてどうするの？　菩提を弔えとでもいうの？」

菩提を弔う——それは渡来から伝わり、二百年が経とうとしている仏教の教えである。死者が彼岸へ渡った後の世こそ、幸せに暮らしてほしいと願うのだ。

「いいえ、大津様の分も、おひい様が生きるのでございます」

大津皇子は天武天皇の子であり、血筋も申し分なく、次期天皇候補の聡明な皇子だった。しかし、天武天皇の妃、鸕野讃良皇女（うののさららのひめみこ）がそれを阻んだ。大津皇子の母であり、鸕野讃良皇女の姉でもあった大田皇女（おおたのひめみこ）は、だいぶ前に天に召されていたから、本来の正妃である大津皇子の母・大田皇女から妹の鸕野讃良皇女に移っていた。正妃に就いた鸕野讃良皇女は、次期天皇は己の子草壁皇子（くさかべのみこ）こそがなるべきだと周知させた。つまり、聡明な実姉の子の大津皇子は、目の上のタンコブ状態になってしまったわけだ。

次期皇太子の草壁皇子が幼少から病弱なのに対し、次期皇太子の夢が無残に散った大津皇子は、いたって健康で頭が切れる。どちらも息子に変わりがない天武天皇は、死ぬ間際まで草壁皇子より大津皇子と見込んでいたが、妻はその病弱な我が子を天皇に据えるため、夫が亡くなると即座に邪魔者を排除する道を選んだ。

「……理屈よ」

大津皇子は聡明で頭の回転が速い。周囲の人々の様子から陰謀のにおいをしっかり嗅ぎ取っていた。天武天皇から託された次期天皇の座は、草壁皇子へ譲らねばならないという諦めもつけていた。けれど、鸕野讃良皇女は生きることすら許さなかった。

雀（スズメ）が言う「大津皇子の分まで生きろ」という意味は、生きたかったであろう大津皇子の気持ちを無駄にしてほしくない故の懇願だったのだ。

「承知しております。ですが……それでも生きてほしいのです」

雀（スズメ）の脳裏には大津皇子と山辺皇女の仲睦まじい姿がまざまざと蘇り、瞼から涙がうっすらと滲み始める。王家を潰そうとしたわけでもない、むしろ繁栄させようと日夜努力を重ねていた大津皇子。精進し続けるには〝癒し〟が必要であり、慰めも必要であり、その筆頭が山辺皇女だった。

「これから、おひい様と雀（スズメ）は消えまする」

「……え？……」

途端に雀（スズメ）が指を立て、周囲に目を走らせる。言葉を発してはならないと、雀（スズメ）の目が言っていた。そして再び、山辺皇女の耳元に囁く。

「実は……難波からの行商人から聞き及びまして……確かな場所は知らぬのですが、おなごだけの邑（むら）があるのだそうです。そこへ向かいまする」

「お……なご……だけ……？」

言葉を発してはならないと言われたが、雀（スズメ）の言うあまりにも意外な言葉に驚きを隠せず、恐る恐る繰り返した。山辺皇女は何故、「おなごだけ」という言葉に反応したのか。それはこの時代は女たちだけでは暮らしが成り立たなかったからである。どんなに小さな村でも男は当然いるわけで、男ばかりの暮らしも存在しており、女の存在が必要な時などは出掛けていく、というのが普通なのである。

「おひい様、洟（はな）をおかみくだされ」

と雀（スズメ）に促されるまで、まるで動くことを忘れてしまったように身動き一つしない山辺皇女は、差し出された和紙に気付くと、途端に鼻の辺りがむず痒くなり、躊躇（ためら）いながらも洟をかむ。

「おひい様は、大津様の正妃でございました。他のおのこと添（そ）うこともありますまい。でしたら、おのこのいない、その邑が良いと存じます」
囁き声のまま雀が続ける。正論であり、確かにその通りなのだから文句はない。この先、もしも生きながらえることがあったとして、大津皇子がこの世の人ではなくなった以上、他の男と添う気持ちなどあるわけもない。この世に未練もなかったから、後を追うつもりで短刀を持ったのだ。このまま生き続ければ、血筋故の政略結婚の道具にされるのはほぼ間違いない。男という生き物は、女を子作りの道具としか捉えていない。高貴な血筋を持ち、かつ優秀な後継者を世に誕生させるためならば、何十人とでも喜んで契るのだ。そんな、まだ見ぬ脂ぎった中年貴族と契る光景を思い描いただけで、身体中に虫唾が走ってしまう。

　山辺皇女は天智天皇の子であり、大津皇子の母も天智天皇の子であり、つまり山辺皇女は大津皇子にとって叔母になる。けれど、山辺皇女は天智天皇晩年の子であったため、大津皇子と添っても年齢的に違和感のない関係だった。親同士が決めた婚姻ではあるが、山辺皇女は心から大津皇子を愛していた。

「そんな邑があるの……?」

　雀に倣い囁く山辺皇女の声色が血の気を帯び始めている。

「噂故、参ってみぬうちは確かなことは分かりませぬが、ここはどうか雀の言う通りにしてくださりませ」

そう言うと雀は、主人に向かい床に平伏した。自害を止める状況から一変し、思わぬ成り行きに戸惑うものの、既に「おなごだけ」という言葉に魅入られている。生きてこの地を去る選択肢の方へ、気持ちが揺らぎ始めてもいる。山辺皇女の思惑をまだ知らない雀は、ひたすら床に平伏したまま主人の返事を待っているが、これ以上の対策があるわけもなく、何も言えずにぼうっと雀の姿を眺めているだけで、無論反論する言葉などあるわけもない。

この沈黙が暫く続き、ようやく山辺皇女の口から、「行ってみたい……」という囁きがこぼれた途端、雀はたちまち起き上がると、

「支度をして参ります。おひい様はこの部屋で静かにお待ちを」

とだけ言い置き、寸暇を惜しむように足早に部屋を出て行った。

夜更け過ぎ、屋敷中が静まった頃、雀は山辺皇女の手を引き、奴婢が使う出入口からひっそりと外へ連れ出した。

雀が山辺皇女を放っておいたのは夕方から深夜までの長時間に及び、その間山辺皇女はずっと自室に置き去りにされていた。山辺皇女の間は、家屋の奥にあるため、屋内の音は滅多に聞こえない。一向に姿を現さないのは、もしや雀の策が漏れてしまったのかもしれない不穏な思いが過りつつも、それならそれで構わないという心境でもあった。けれど、雀から齎された

「おなごだけ」の邑を実際に拝めなくなってしまうのは、惜しいような気もしていた。

この当時、女は男の庇護の下で生きることが普通で、庇護が叶わないような女、例えば未婚の女や未亡人は、縁者あるいは近くの男に生活を保障してもらわなければ生きていけない。この当たり前な概念を崩す「おなごだけ」の邑とは一体どんなところなのだろうと、まるでまだ見ぬ浄土を想像するかのように、想像できる範囲であれこれ夢想していた。おかげで、幸いなことに、雀（スズメ）に放っておかれた時間など大して苦痛にもならなかったのだ。あれほど大津皇子の後を追って死のうとしていた気持ちがなくなっているのも、俄（にわか）には信じられない。確かに自他ともに認めるほど、大津皇子は最良の夫だった。けれども、本当のところ、胸の奥底ではいつも不安に苛まれていた。

大津皇子は、聡明で快活なだけでなく容姿も抜群な公達（きんだち）だった。貴族の中では珍しいくらいの「いい男」なのだ。身分も申し分なく、容姿もずば抜けていれば、当然モテる。山辺皇女の他にも既に妻が何人もおり、それでも飽き足らずに好みの女性を見つけると、早速自分のモノにしてしまうような奔放な皇子だった。山辺皇女は正妃という立場だから、他の女性よりも表向きは重きを置かれる。けれど、優位な立場など実際何の慰めにもならない。恋に夢中になっている男は、ひたすら成就に向けて突っ走り、正妃を顧みる余裕などない。山辺皇女の元へ訪れるのは、意中の女性に相手にされなかった時、他に行くところがないからしおしおと訪れ、慰めを求める時ぐらいだ。気付かない素振りをしていても、心ではいつも泣いていた。妻の元へ来ない夜は、どこの女と睦まじいことをしているのだろうと、床の中で泣いていた。大津皇子が天へ召されたおかげと言ったら申し訳ないが、その不安から逃れることだけはできたのだ。後を追うというのも、他の女たちから後れをとってはならないという意地もあった。気持ちが高揚しているから、死ぬ美しさへの憧れもあったかもしれない。愛する夫を失い、まだ一日も経たぬうちに、もはや死ぬ気持ちが全くなくなっているのだから、人の気持ちとは不思議なものである。

　下弦の月の明るさは、闇世界を見通せるほどの力はない。暗闇が広がるだけの夜道を、女二人が息を詰めつつ歩みを進めていた。貴族の女は滅多に外を歩かない。家の中でおとなしくしているのが女の嗜みである。即ち、長時間歩く必要がない。ましてや、見通しの利かない夜道など論外である。よって山辺皇女の歩みは亀のように遅い。けれど雀（スズメ）は急き立てることはしなかった。周囲に神経を注ぎつつ、山辺皇女をゆっくり先導していく。

　それぞれが寡黙に歩き続けた数刻後、辺りに点在していた家屋敷の群れが消えていき、田畑ばかりが広がる野道になると、ようやく雀（スズメ）が口を開く。

「ここまで来ればもう安心でございます。監視の目が光っておりましたので……ご無礼致しました」

「監視？」

「はい、実は……おひい様は大津様の後を追い自害したと公言することに致しました。いえ、ご懸念はございませぬ。亡骸は代わりを見つけましたので、高位の方々はおひい様はお隠れあそばしたとみなすでしょう。何分急なことでございましたから、身代わりになる亡骸(なきがら)を諦めていたところ、運よく使用人の母御が病で亡(の)うなったばかりだそうで、訳を伝えると喜んで身代わりを引き受けてくれました。あれらの身分は奴婢故、墓なぞござりませぬ。ただ土に埋めるだけのところを、代わりとはいえ丁重に扱い墓へ葬ります。おひい様は使用人からも慕われておりました故、進んで身代わりを望みました」

雀(スズメ)の奇策を山辺皇女は淡々と聞いていた。家を去るということは死んだも同然。陰謀渦巻く王家の暮らしに未練はない。もはやこの世の人ではないなら、ここまで慎重にならなくてもよかったようにも思う。

雀(スズメ)の過剰な警戒を不審に思い、

「ならば、監視などされないでしょう？」と尋ねた。

「大津様とおひい様が儚(はかな)くなられたということは、疑心暗鬼にかられている王家は、弔問に参る人を観察するでしょう。王家に忠誠ある者かそうでないか……」

誰もが草壁皇子よりも大津皇子の方が天皇としての器があると見抜いていたとしても、草壁皇子の後ろに絶対権力者が控えていれば、我が身大事な貴族らは草壁皇子への服従を誓う。けれど、大津皇子が孤立していたわけでもなかった。ひっそりと援助する貴族はいたのだ。その人物が誰なのか、確かめる必要があるとしてもおかしくはない。

「……それで、いたの?」

「ええ、おりました。それ故、使用人の出入り口を使い、このような出で立ちに致した次第でございます」

山辺皇女と雀(スズメ)の格好は、皇族特有の見目麗しい装束からは程遠い、使用人専用の質素で使い古しの袷(あわせ)を着用していた。長髪も一つに纏め、頭と顔半分が隠れるように布を巻き付けている。貴族は外出する際に沓(くつ)を履く習慣があり、裸足で歩くのは身分の低い者だけだが、さすがに裸足で長距離を歩くのは無理だと判断し、使用人の衣服を破(やぶ)き、足に布を巻き付けている。これならばケガをした使用人に見えないこともない。

「この袷は……足元が寒いのね。まだ秋口だからこの程度で済むけれど、冬場はさぞ寒かったでしょう……皆には気の毒なことをしました」

貴族と平民らの暮らしには、文字通り「雲泥の差」があり、ましてや平民よりも劣る奴婢は、極めてつましい暮らしを余儀なくされている。山辺皇女は、これまで平民と奴婢の暮らしを慮ったことなどなく、そんな未知の世界を知ろうともしなかった。というか、知る必要すらない立場だったわけだから、それは仕方がない。仮に大津皇子と添わず、安泰な貴族の男と添っていれば、一生知り得る機会すらなかったかもしれない。けれど大津皇子が嵌（はま）った陰謀で命運が一転してしまい、思いもよらず使用人の衣服を羽織ることにより、初めて世の中を実感する機会が巡ってきただけである。

　皇族として生まれてきた人と、奴婢として生まれた人、それは本当にたまたまで、因縁を背負っているわけではない。けれど山辺皇女にはそうは思えなかった。たまたま皇族の子として生まれたとは思えず、奴婢の苦労も苦しみも知らずに、何不自由なく、与えられる暮らしに甘んじていた自分を恥じてしまった。冷静に考えれば、皇族に生まれれば幸せというものでもない。そのいい例が、たった今窮地に陥っている山辺皇女自身なのだから。狂おしいほどの権力と、財力への執念が凄まじい王家や貴族は、殺され、蹴落とされることも十二分に覚悟しなければならず、奴婢には縁のない壮絶過ぎる人生が待っていることもある。

「行商人の話を幾度も聞き、雀（スズメ）は一度訪ねてみようと思うておりましたので、竹ノ内街道に日印を付けて貰いました……実は、おひい様、雀（スズメ）は遅かれ早かれ大津様の負われる日を確信しておりました。王家を行き来している者の話を聞いておりますと、鸕野讚良様は草壁様を王位に据えるためには、手段を選ばぬ御方のようでございます。それ故、その時の処し方を思案していたのです。天武天皇がお隠れして間もなくというのは、少々早急過ぎやしないかとも思われますが、それほど大津様が脅威であられたのでしょう。そのような次第で時が足りず、まだ下見もしておりませぬ。ともかく参るしかないのです」

天武天皇崩御以降、大津皇子が鸕野讃良皇女を恐れていたのは、山辺皇女にも分かっていた。雀（スズメ）ですら察知するのだから、王家とつながる貴族らはとうに知っていただろう。結果はご覧のありさまで、己の正当性を誇示するかのように逃げることを拒否し潔く死を選んだのだ。

山辺皇女は前を歩く雀（スズメ）の聡明さに改めて感心していた。よよよ、と一緒に泣き、一緒に死ぬ選択肢もあったのに、そんな感傷は雀（スズメ）には微塵もなく、生きることしか考えておらず、そのための手立てを必死に模索していたという。側女の模範と言えるくらい、主人の最善しか念頭にない。なんだか、今まで感じたことのない高揚感が湧き始めている。知らない世界へ足を踏み入れる時というのは、恐れを抱きながらも、高ぶる期待を同時に持ち合わせるものなのかもしれない。そんな恐れも、雀（スズメ）がそばにいるだけで吹き飛ばせそうだった。

しんとする暗闇を二人のか細い話し声が続いていく。細い月は相変わらず頼りなく、数歩先が見えないながらも、微かな希望に向かい、二人の歩みは確実に進んでいる。

「行商人のことだけれど……その邑に知人がいたの？」

前を歩く雀（スズメ）が頭を振った。田畑が途切れ、家々が見えてきたということは、曽我の隣町へ入ったようだ。

「いいえ、たまたまだそうです……。邑を知る発端は、竹ノ内街道を都に向かう際、二上山の麓の辺りで、道を横切るおなごに目が釘付けになったからとか。そのおなごの出で立ちが物珍しく、さらに木立が林立する中を迷う素振りもみせず、奥へずんずん進んでいったそうです。一体どこへ行こうとしていたのか、おなご一人で山へ入ったそうですから気になります。ですが、難波からの荷を届ける仕事を放るわけにはいきませぬので、その時はそのまま都へ向かったようです。荷を届けた帰路、どうにも気に掛かり、見つけた場所から森へ入ってみたと……」

珍しい出で立ち。世知に長けた行商人が珍しいというのだから、なおさら目に付いたのかもしれない。すかさず山辺皇女が問いかけた。

「どのような出で立ちなのかしら？」

「なんでも、色鮮やかな模様の被りの衣で、髪と腕と耳には珍しい装飾品が付いていたようでございます。まるで森の精のようだと申しておりました。森の中は鬱蒼としておりますし、どこも同じような景色ですから、知らぬ者が入れば、あっという間に迷ってしまいます。それ故、行商人は迷わないように来た道へ目印を付けながら奥へ入りましたのですが、程なくして木の蔓が足に絡みついたその途端、ガラガラと大きな音が鳴り響いたようです。その蔓は仕掛けだったのでしょうね。慌てた行商人はすぐさま引き返しました。ですが、諦めきれなかったようでございます。珍しいものを見つけると、是が非でも欲しくなってしまう行商人の性かもしれませぬ。それから何度か仕事の合間を縫いながら、同じ地点から仕掛けに合わぬよう注意深く山へ入り、ようやく邑を囲う蔦だらけの外側まで辿り着いたそうですが、そこはおなごの話し声と、笑い声と、小さな子どもの声だけ聞こえたと申しました。暫くそこに留まり聞き耳を立てておりましたが、おのこの声は一度も聞こえなかったと。蔦の囲いは土で補強されていたようで、中の様子が見えませぬので、その土を少しずつ削り、穴を作り、中を覗こうとした時、間の悪いことに山犬が吠えだしまして、逃げ帰ったそうです。それ以降は、まだ雀の耳に入っておりませぬ」

「お子の声も聞こえた……？」

突如歩みを止めた山辺皇女が呟く。それを聞いた雀がすかさず後ろを振り返り「はい」と深く頷く。そのまま雀が続きを促すかのように、視線を外さず見つめてくる。暗闇の中でも目が慣れれば、至近距離にいる人の表情は判断できる。雀の目がその先の言葉を待っている。

観念した山辺皇女は、深くため息を吐いた。

「……雀、気付いていたの？」

「おひい様が身籠もうていることでございますか？」

ここ最近、山辺皇女の食欲は落ちており、また月の障りも訪れていなかった。失意の日々が続く中では体調不良とも考えられたが、かつて一度だけ身籠もったことがある雀(スズメ)には、子が宿っているのだろうと確信していた。

「そう、気付いていたのね……」

山辺皇女が認めたということは、子は確かに宿っているのだ。このたびの決心は間違ってない。穏やかな笑みを浮かべつつも、雀(スズメ)の心中は喝采を挙げていた。

「その邑は、おのこのいる気配はないと申しておりました。行商人は世慣れております故、鼻も利きます。お子とおなごだけというのは間違いないでしょう。ですから、おひい様、御子のためにも生きてほしいのです」

山辺皇女に生きてほしいもう一つの理由――それは母として生きてほしいということだった。そのためにも行こうと決めたのだ。

「……わたくしね、大津様には伝えていなかったの。確かではないというのもあるけれど、日々追い詰められていたあの方には申し上げられなかった。今日もね、いつ流れるかしらって……ずっと思っていたの。……なのに、こんな状態でも流れないのだから、強い子なのかもしれないわね……」

いつの間にか下腹部に手を当てていた。お腹に向けている視線を雀(スズメ)へ移す。雀(スズメ)が、まるで菩薩のような微笑みを浮かべている。ただそれだけの表情に心から安堵し、一筋の涙が頬を伝っていく。

「はい、強い御子に違いありませぬ。雀が付いております。必ずこの世に誕生させてみせます」

　僅かな月明かりしか届かなくても、微笑みから挑む気迫へと変わる様子がつぶさに分かる。そんな側女が心強い。

「少し休みましょう」と言って、街道沿いに平らな石を見つけた雀が山辺皇女を座らせた。水の入った竹筒を山辺皇女へそっと差し出す。おっとりとした動作は変わらないが、迷うことなく受け取ると、竹筒を口に当て、喉を鳴らしながら飲む主人の姿にホッとする。朝から一滴の水も口にしていないことぐらい十分承知していたから、少々行儀が悪かろうと、そんなことは別にたいしたことではない。次いで、背負子から柏の葉で巻いた握り飯を取り出し渡す。地べたに座った雀も、握り飯を一つ頬張った。

　早朝から大津皇子自害騒ぎで、何も口にしていなかったのだ。後を追うのだと号泣し高揚していた山辺皇女はともかく、そばにいる身としても空腹感など覚えようがなかった。頬張った握り飯がとても美味しく感じたことで、今ようやく一息つけたのかもしれない。

　山辺皇女も食べ物をお腹に入れたことで生気が蘇り、常にそばに控える雀には随分心配させてしまったと悔やむ気持ちが生じていた。

「雀、迷惑をかけました」

普段では到底言えない言葉が素直に口から零れる。

「……いえ、おひい様が生きてくだされば……雀はそれでようございます」

そう言うと、雀はまだ半分以上残っている水を一口だけふくんだ。別に喉が渇いていたわけではない。主人から労いの言葉を掛けられ、咄嗟に泣きだしてしまいそうで、でも、それを誤魔化すには水を飲むしかなかっただけだ。まだ泣くには早過ぎる。無事におなごだけの邑へ辿り着いたら、その時こそ二人で抱き合い、散々嬉し涙を流せばいい。それまで涙はお預けだ。

雀が山辺皇女の側女として仕えたのは、山辺皇女がようやく十の歳を迎えた頃だった。雀は天智天皇の世話役だった側女の子どもで、天智天皇の舎人を勤めていた男と添うも、夫は壬申の乱で戦死し、そのショックでお腹にいた子は流れてしまった。一遍に愛する者を二人失えば、気がおかしくなるのも無理はない。だが雀は、正気のまま寡黙になった。そんな塞いだ日々を送る娘を心配した母親が、天智天皇の妃である常陸皇女に願い、山辺皇女の側女として上がったのは子が流れてから半年が経っていた。雀が側女に上がった頃の山辺皇女は、まだ幼く愛らしい少女で、世話をしているうちに、いつしか雀の心の傷は癒されていた。世間を知らぬ山辺皇女の無垢さに、お世話する側が救われていたのだ。そして今、夫を亡くした境遇は同じでも、

いれば、貴族の家へ勤めに向かうようにも、帰るようにも見えるからだ。そもそも今の世で、使用人に目を止める者がいるわけもないのだが。

竹ノ内街道は人の往来が多く、特に早朝は、大荷物を牛車に載せ都へ向かう者が大半である。貴族らは常に我が物顔で道を通る。出会ってしまえば道を譲らねばならない。その間は何もできず、じっと待つしかないのだ。すると必然的に、貴族の往来する時間帯を避けるようになる。それが早朝なのだ。こうして時間勝負の行商人は、早朝に大荷物を運ぶ図式が出来上がった。

数歩先が見えなかった暗闇と打って変わり、景色を眺め、行き交う人々の様子を見つつでは足の運び方も変わり、着々と進んでいく。雀に手を引かれながら目印地点に着いたのは、太陽が真上の僅か東の頃だった。

「……これでございますね」

雀が立ち止まり、小声で囁く。陽が高くなったせいもあり、ちょうど人気が途絶えた街道には、一人の行商人と行き交った後、雀と山辺皇女二人だけだ。雀はその隙を狙い、すかさず山辺皇女の手を引き林の中へ侵入した。

林の中は道もなく、大木や若木が生い茂り、かつ丈の長い草や雑草がそこかしこに生えており、真っ直ぐに歩くことはできない。しかし山辺皇女の手を引く雀は、人が通れる隙間を器用に見つけては、草や蔓を避け、行商人に聞いていた岩や古木の目印を頼りに、山の奥へずんずん進んでいく。登っては下り、下っては登りを繰り返し、疲れで意識が朦朧としつつも、辛うじて山辺皇女の足は動いていた。だが、とうとう言うことを聞かなくなった足が石に躓き、その拍子でしたたかに転んでしまった。

「おひい様！」

転ぶ間際、雀の手を離してしまったのが功を奏し、共倒れの難は免れた。けれど、肝心の主人が倒れてしまった。慌てて山辺皇女を抱き起こしつつも、「おひい様！　おひい様！」と狂ったように連呼する。

「いっ……足を、捻ってしま……」

痛みに襲われる山辺皇女は苦悶の表情を浮かべ、額には脂汗が滲んでいる。足に触ると、くるぶしが熱を持ち始めているではないか。途端に雀は、今さらながら後悔する気持ちが膨れ上がった。普段から歩く習慣のない人を、ここまで追い詰めてしまったのだ。生きてほしい一心とはいえ、山辺皇女の体力を補うまでの能力が欠けていた己の浅はかさを呪った。

「雀の責でございます。おひい様……お許しを……」

山辺皇女の足は、くるぶしだけでなく、長時間の強行軍で両足がパンパンに浮腫んでいる。みるみる顔色が蒼白になっていく。今にも宿った子が流れてしまいそうで気が気ではなく、このままここにいてはいけないと思うものの、もしもこれ以上歩みを強行すれば間違いなく子は流れてしまう。どうしたらいい？　先の見えない森の中をこのまま進むか、一旦街道まで戻るべきか――山辺皇女の辛そうに歪む顔を見つめつつ必死に模索する。情けないことに雀の体力も既に枯渇している。しかし、そんなことは言っていられない。一刻も早く、この状況から抜け出さなければ最悪の事態を迎えてしまう。

すると、少し離れた草叢がガサゴソと揺れた。獣か、人か、途端に身体が緊張し硬直する。蠢くものが小さな獣、あるいは敵意のない人であることを心の底から願った。こんな時に、ましてやこんな場所で襲われでもしたら、山辺皇女を連れてきたことが全て水の泡になってしまう。草の葉が揺れる方向を睨みながら、不動の姿勢で構えつつも、得体のしれない恐怖で背中に冷たいものが次々と伝っていく。ついに、至近距離でガサガサと草の葉が揺れたその時、山犬が現れた。獣だ。もうだめだっ！　食われるっ！　と死を覚悟した。主人だけは食われてはなるまいと、咄嗟に山辺皇女の上に覆いかぶさる。

――覚悟を決めたのに、いつまでたっても山犬のウーという唸り声しか聞こえてこない。恐る恐る片目だけ開け、覆いかぶさった姿勢のまま唸り声が聞こえる方角へ視線だけ向けてみる。間近まで迫っていた山犬は向かってくる気配は微塵もなく、ちょこんと行儀良く座っている。しかもそこにいたのは山犬だけではなかった。背の高い女が、山犬の隣に立っていた。

雀と目が合った女は、おもむろに言葉を発した。

「怪しいものではない……安心しろ。足を痛めたのか？」

その姿は、異様なほど気高く、まるで武神のようで、声は聞く者を安心させるような低音で、なにより穏やかだ。泰然としている女の様子に、雀（スズメ）はただただ呆気に取られるばかりで、最前まで襲っていた恐怖はたちまち去り、強張っていたものが一気に弛緩していった。

「はっ……はい。私ではなく、こちらの者が足を捻りました」

女の登場が果たして吉と出るのか凶と出るのか——定かではない。けれど藁にも縋（すが）りたいのは確かである。

「見せてみろ」

そう言って山辺皇女の足を検分しだした武神のような女の様子を、雀（スズメ）は縋る思いで注視する。

女は、雀（スズメ）の周辺では馴染みのない物珍しい出で立ちをしている。行商人から聞いていた格好によく似ており、違うところといえば、膝まである縄状の履物くらいである。

「事情は知らぬが、長時間無理をして歩いたようだな。これからどこへ向かうのだ？」

足だけではなく、山辺皇女の身体を丹念に押したり摩ったりしながら女が問う。ほんの僅か雀（スズメ）は躊躇（ためら）った。しかし、ともかくこの状況では、女に縋るしか手立てはないだろう。なまじ嘘をついたところで、その先どうすることもできないのだ。ここは素直に全て打ち明け、助けてもらうしかない。

「……実は、この辺りにおなごだけの邑があると聞き及んで参りました者でございます。わたくしどもには、帰る場所はのうなってしまいました。あなたさまがその邑を存じておられるのなら、そこまでお連れ願えませぬか。ご迷惑はおかけ致しませぬ。このお方のお腹には、やや子もおりまする。何とぞ、何とぞ……」

女は山辺皇女の足に巻き付いていた布を剝ぎ取り、腫れた部分に土を塗りながら雀の言う事情を聞いている。土を塗り終えると、腰に縛っていた紐を解き、片手で勢いよくバサッと広げた。紐は幅広い布を細長く折ってあっただけで、こういう事態に備えての工夫なのだろう。その布を足に塗った土の上から巻き始める。巻き終わると、今度は山辺皇女の首へ手を当て、熱や脈拍を再び確かめようともする。その動作が瞬時止まった。でもそれは、ほんの一瞬のことで、雀が気付くことはなかった。

「……これ以上、このお人を歩かせるのは無理だ。わしの背に乗せろ」

女は忙しげに山辺皇女の手を取り、そのまま自らの肩へその手を回し、背負い始める。

「か、かたじけのう存じます。さあ、おひい様」

山辺皇女は、女の背に寄りかかる力さえもうない。脱力し切った山辺皇女の背中を雀が持ち上げようとすると、途端に一際苦痛に顔を歪ませたが、一刻も惜しんでいられない状況なのは三人共々よく分かっていた。雀は心の中で主人に謝りつつ粛々と、山辺皇女は痛さに耐え、女は小腰を屈めたまま、誰も巽を唱えることなく、ようやく女の背に預けた。

　女が山犬に「ケハヤ、いくぞ」と声を掛けると、山犬を先頭に歩きだし、その後ろを山辺皇女を背負った女が歩き、雀（スズメ）が後から追っていく。

　女の歩みは速かった。雀（スズメ）は疲れが度を越し、それもとっくの昔に突き抜けていたから、後を追うのが精一杯で、もうほとんど無心になりながら必死に歩き続ける。半刻ほど歩いた頃、突然大木群の林立が途切れると、目前にどこまでも続くような壁が広がっていた。その壁は円を描くように蔦で覆われ、雀（スズメ）の背丈よりもさらに高い。女が柵の手前で一旦足を止め、蔦の柵の中に隠れている扉を器用に開けた。女の合図を受けた山犬が先に入り、入口手前で躊躇っている雀（スズメ）は、「入れ」と言う女の促しでおずおずと進み、山辺皇女を背負った女が最後に扉を閉めつつ、柵に覆われた敷地内へ入った。

奪われた未来

十五になった婁（ロウ）の楽しみは、父と夜空を仰ぐことと、恋人の怪羽矢（ケハヤ）と家を造ることだ。老人から危（キ）に託された妻（ロウ）の母は、妻（ロウ）が十を数えた頃、眠るように逝ってしまった。元々身体が弱く、妻（ロウ）を産んで以来徐々に衰弱していく一方で、村の薬草を煎じて飲んでも何故か母には効き目がなく、むしろ母は悟っていたように動じることもなく、全てを受け入れ、妻（ロウ）を危（キ）に託して逝ったのだ。危（キ）は既に覚悟ができていたようで、取り乱すこともなく冷静だった。危（キ）と出会った時からずっと胸に下げていたヒスイの首飾りは、唯一の妻の形見になり、妻の胸から危（キ）の胸へ移行した。妻（ロウ）には母が使っていた渡来物の鏡が託された。

　怪羽矢（ケハヤ）というのは、妻（ロウ）よりも少しだけ年上で、兄妹のようで、恋人のようで、同志のようで、いずれは夫婦として暮らすことも二人の間で決めているだけでなく、周知の仲でもあった。

　妻（ロウ）には幼い頃からの夢がある。それは、この村ではない場所で、妻（ロウ）と怪羽矢（ケハヤ）だけで暮らすという夢。別の村ではいけない。木々を伐採し、人が暮らせる敷地を造り、家屋や畑、いずれは集落になるように。そんな妻（ロウ）の願いを怪羽矢（ケハヤ）は理由も聞かずに、いともあっさりと請け負った。以来二人は、暇を見つけては森へ入り、二人の新居となりうる場所を探し回った。平らな場所で、近くに川は必要だろう。容易に獣たちに襲われにくい場所を探して、探して、ついに見つけた。

　少し歩いた先には、滾々（こんこん）と水が湧き出ている。そこが源流となり、下方へ小川となって流れている。この湧水を管で引けば水に不自由することはなく、人が暮らすようになれば火が獣を寄せ付けなくなるだろうと、怪羽矢が断言した。ああだこうだと相談しながら、木板へ図案を描いていく作業は胸が高鳴り、こんなに楽しい日々は初めてだった。

構想案が出来上がると、家屋と畑の予定地に生い茂る木を残らず伐採し、更地にすることから始めた。伐採した中から手頃な木を見つけ、中央をくり抜き水管用にする。湧き水から予定地まで木管をいくつもつなげ、その水を貯水する大樽も作った。父にだけは正直に話したが、秘密裏に進めていた二人は、村の仕事の合い間を使うしかなく、これだけの作業に一年を費やした。気持ちは常に前向きで、村の暮らしから一日も早く巣立つ日を夢見ていた。

しかし、その夢が脆くも崩れ去る日が、突如訪れる。

家の土台に取り掛かる予定の前夜、怪羽矢が殺された。就寝中を村の男に襲われ、心臓一突きの即死であった。

怪羽矢を殺した男の名は裳佐。

婁を独り占めする怪羽矢を妬んだ末の一撃だった。裳佐は婁を自分のモノにするつもりで何度も夜這いを狙い、そのたび返り討ちに遭っていた。好きも高じると憎しみに変わる。怪羽矢だけでなく、婁も殺すつもりなのは明白だった。その夜は、運が良かったのか悪かったのか、婁の父が家にいた。雨で星が見えない夜は家にいる。村の者は雨や雪、雲に覆われた夜は、危が家にいると知っている。裳佐はそんな当たり前のことすら忘れるほど、気が高ぶっていたのだろう。怪羽矢（ケハヤ）と婁（ロウ）、二人しかいないと思い込み突入した。父は、何が起こったのか分からず、混乱しながら裳佐（モサ）を必死に取り押さえる。だが、返り血が裳佐（モサ）の身体にべったりと付いていることに気付くと、その血に一瞬だけ怯んでしまった。ほんの僅かの間、取り押さえていた力が緩んでしまった。その瞬間を裳佐（モサ）は見逃さず、勢いよく危（キ）を振り払うと、脇目も振らずに飛び出していき、それっきり村からいなくなった。

婁（ロウ）は怪羽矢（ケハヤ）の亡骸の脇で、茫然としているだけだった。

一部始終を知った裳佐（モサ）の母親は平身低頭で、怪羽矢（ケハヤ）の親と婁（ロウ）の父へ泣いて謝った。

村の長（おさ）は危（キ）である。この村では「ケハヤ」や「モサ」という呼び名はそれぞれの両親が決め、危（キ）がそれに字を当てる。村に子どもが生まれるたび、木板に名を刻み進呈するという親切心で始めたことが、いつの間にか恒例行事になっていた。それだけでなく、公平さを示すように、村の住人全て、順々に字を当てていった。

山民に字は必要ない。字を知らないのは当たり前。けれど、自分の名の字だけは知っている。書くこともできる。村に文字を齎（もたら）した危（キ）は、当然ながら敬われる存在になり、自然と長の役割も担うようになった。「自分の名だけは書ける」――たったこれだけのことでも凄い進歩である。なにしろ当時の奴婢や山民は字を知らない。一字、二字知っただけでも自信になる。それは人として決して悪いことではなく、無知に慣れきって生きてきたことへの疑問にもつながっていく。むしろ喜ばしいことなのだ。

　そのいい例が危(キ)だろう。生まれ持った性(さが)のおかげで、山民の子から天文博士という肩書まで頂く立場になったのだ。危(キ)の教えが村の者へ浸透していくのは当然で、親はともかく、順応性のある子らの世代には、生きる自信がついていくのも自然な流れだった。この自信が、このたびは裏目に出てしまったのだ。

　裳佐(モサ)の始末は、危(キ)が怪羽矢(ケハヤ)の両親に許してやるように説得し、裳佐(モサ)の両親には命の大切さを説き、村に住み続けることを許した。罰することもしなかった。怪羽矢(ケハヤ)の両親、特に父親は不信感を顕わにしたが、危(キ)の言葉に異論など言えなかった。異論を唱えないのは、何も怪羽矢(ケハヤ)の両親に限ったことではなく、村の大人全員が危(キ)に楯突くことはしない。彼らが従順に従うのは、偏(ひとえ)に危(キ)から齎される収入が村の人々の暮らしに宛(あて)がわれていたからで、残念ながら博識の危(キ)を敬っているわけではなく、飢える心配のない潤った暮らしが保障されているからだった。村の大人たちの大部分が危(キ)に寄生していたから、怪羽矢(ケハヤ)の父親は裳佐(モサ)の親を心の底では許さなくても、反論はできなかった。つまり、危(キ)の機嫌を損ね、潤いを逃してしまえば、明日以降の暮らしもままならなくなってしまう恐れの方が大きいということ。常に道理を説いてきた危(キ)の実績を踏まえれば、偏見による誤解だと分かるはずで、怪羽矢(ケハヤ)の両親を邪険にするわけもないのに、学習能力のない鈍い連中にはそれが分からなかった。いずれにしても、村の大人、特に男は、偏見に凝り固まった考え方しかできないさもしい心の持ち主ばかりだったのだ。

そもそも、何故危が村の子に名を付けるようになったのか。そこに大きな理由がある。

危の生まれ育った村は、もうずっと昔から男の横暴さが蔓延していた。女よりも男の方が多いことによる、多勢に無勢状態だった。弱い者をいじめる愚かな習慣が普通なのである。貧しい一家に限って立て続けに子が生まれて、父親が威張り散らすというお決まりの構図である。危の家も同じだった。兄弟は死んでしまった子を含めると十人で、危は末から二番目の、親から最も価値の薄い位置だった。兄たちと父親からの理不尽な暴力は日常茶飯事で、なかなか寝付けない夜に家から出ていたのも、老人と共に山に登っていたのも、家にいたくないというのが本音だったのだ。

危が老人から教えを受けて気付いたことは、無知故のうぬぼれ。あの村は、極端に狭い世界であり、そこで巻き起こる常識は、決して道理ではなかったということだった。

大人は新たなものに染まりにくいが、子どもは染まりやすい。天文博士という役職を得て村に戻った危は、聞く耳のある者に人としての道理を伝えていった。最初は名を勝手に書き、「貰ってくれると有り難い」と渡し、差し出された者は、物珍しいという理由だけで受け取っていた。婁が十を数える頃には随分浸透していたのだから、字は未知の対象に興味を覚える十分な要素だったということだ。危は、男も女も分け隔てなく平等に手渡した。男ばかりが生まれやすい村だからこそ余計に、女が男に屈する必要などないとも伝えていた。一人二人は、危(キ)の願い通り、分別のある者が村から出始めた。怪羽矢(ケハヤ)はそのうちの一人で、裳佐(モサ)がうぬぼれたままの一人だったのは言うまでもない。

婁(ロウ)は怪羽矢(ケハヤ)の亡骸(なきがら)に縋りつき、何日も泣き暮らした。

「いつまでも亡骸を放置しておけば怪羽矢(ケハヤ)も浮かばれまい」

そう父に諭され、土に埋めたものの涙が枯れることはなかった。同志であり、もう一人の自分であり、生涯の伴侶を亡くしてしまった婁(ロウ)に生きていく気力などもはやない。飲まず食わずで泣き続け、身体中の水分が出尽くしてしまい、ついに涙も出なくなり、生気が消えていった。

何も食べない、飲まない、言葉を発さない――土に埋めた怪羽矢(ケハヤ)の傍で刻々と亡者へなりゆく娘がただ座っている。短期間で別人になってしまった娘を正気に戻さなければ、早晩怪羽矢(ケハヤ)の元へ逝ってしまうのは必至である。そうならないために、危(キ)は付ききっりで手を尽くすも、呆けたままの婁(ロウ)は、汁も水も飲まず、拒絶だけ顕わにした。次第に死相が浮き出てきても、死を望んでいるかのように拒み続けた。だが、娘が死んでいく様をおめおめと眺めているわけにはいかない。亡くなる直前の妻に、婁(ロウ)を幸せにすると約束したのだ。

婁(ロウ)が全てを拒んでからおよそ半月後、危(キ)は意を決す。怪羽矢(ケハヤ)を埋めた盛土の傍で朦朧としている妻（ロウ）へ見せつけるように、土を掘り返し始めたのだ。しかし妻（ロウ）は一向に関心を示さず、ぼんやりと見つめているだけ。遮二無二掘り返していき、怪羽矢（ケハヤ）の屍を取り出した。穢土（えど）から彼岸へ行きつつある事態に瀕していた妻（ロウ）は、衰弱が酷く、反応できるはずもない。逼迫した事態を十分承知している危（キ）は、荒療治に挑むしかなかったのだ。怪羽矢（ケハヤ）の屍は既に腐りかけていたが、躊躇なく肉塊を摑んでは籠へ放り込み、摑んでは放り込みを繰り返し終えると、その籠を腰に結び朦朧としている妻（ロウ）を強引に背中に背負い、二人分の命と共に怪羽矢（ケハヤ）と住むはずだった森へ向かう。

「妻（ロウ）よ、死んではならぬ！　わしを置いて逝くことは許さぬ！」

次々と流れ落ちていく涙を拭おうともせず、声を荒らげた。背中に伝わるほんの微かな妻（ロウ）の息遣いが、重い足を前へ前へと突き動かす。止まらない涙を拭うことなく、亡き妻にも願う。

「頼む、妻（ロウ）を追い返してくれ……それができるのはもうおまえしかおらぬ……」

涙ばかりか、額からも汗が次々と流れ落ちていく。歯を食いしばり、険しい道程を歩き続け、ようやく陽が燦燦と注ぐ広い敷地へ辿り着いた。

「妻（ロウ）、聞こえるか？　着いたぞ。ここで妻（ロウ）は怪羽矢（ケハヤ）と暮らすはずだったのだろう？　ならば、怪羽矢（ケハヤ）をこの場所に埋葬せねばなるまい。ここならば怪羽矢（ケハヤ）も嬉しかろう。身体はのうなっても、怪羽矢（ケハヤ）の魂は生きておる。妻（ロウ）よ、聞いておるか？　ここで怪羽矢（ケハヤ）と共に暮らすのだ」

必死に語りかけるが、背中に伝わる僅かな呼気以外、何の反応もない。平穏な日々を願ってやまない二人の、ここは特別な場所。しかしこの先、どう頑張っても怪羽矢（ケハヤ）が生き返ることはない。この事実を受け入れ、微かな希望がほんの僅かでも芽生えてくれたらと願った。すぐそこまで迫る彼岸へ行かず、他力だろうと構わない。どうか、引き返してほしい。

「婁（ロウ）！　頼む、返事をしてくれ……生きると言ってくれ……」

その場に崩れるように膝を突いた父が、背中から婁（ロウ）を下ろして抱きかかえ、嗚咽（おえつ）を漏らしながら懇願する。朦朧としている婁（ロウ）からの反応は、やはりない。どれだけ声を荒らげようとも、意識が遠のきつつある婁（ロウ）には届かない。父は悔しさと己の無力さがやり切れず、地面に拳を何度も打ち付けた。身体を揺すっても頬を叩いても、今にも途切れそうな、か細い息遣いしか伝わってこない。

（どうすればいい？）

危（キ）は懸命に考える。その時、傍らに放置した怪羽矢（ケハヤ）の亡骸に気付いた危（キ）は、まだ策は尽きていないと覚った。

再び覚悟を決めると、危（キ）は婁（ロウ）をきつく抱きしめ、そのまま横に寝かせ、土を掘り始めた。鬼気迫る父に対し、娘はただ仰向けの体勢のまま、目は開いているが焦点は合っておらず、ここではないどこか、あるいは次元の違う景色を見ているような眼差しを向けている。それでも危（キ）

は掘り続けた。やっと、なんとか怪羽矢の亡骸が入る深さまで掘った。次いで大声を張り上げる。

「婁、見えるか?!　怪羽矢をここへ埋めるぞ。怪羽矢は、これからはずうっとこの場所から動くまい。婁と常に一緒におるぞ！　わかるか?!」

　しかし、無論反応はなかった。

　怪羽矢の亡骸を埋めると、身体中土まみれになった危が、仰向けに横たわった婁の元へ歩み寄り、意識があるのかないのか、それすらも判別できない生気のない婁の手を握った。

「頼む、婁……わしより先に逝かんでくれ……。お前に先立たれたら、わしは、かあさに何と言って謝ればいいのだ……。頼む……婁よ……婁よぉ、うう……」

　策が尽きた最後の懇願だった。途端、張っていた弦が切れたかのように父が大声を上げて泣き崩れる。もう成す術もない。これで婁が逝ってしまうのなら、娘の後を追うしかない。婁は父に応える気力もない。大声を上げて泣く父の声を夢うつつで聞いているしかない。父に申し訳ないとか、余計なことをしないで、などという感情すら生じなかった。すぐそこまで死は迫っていた。

　だがしかし、天はまだ婁を呼んではいなかった。

突然妻（ロウ）の脳裏に、聴覚もほとんど失っていた耳に、怪羽矢（ケハヤ）の声が聞こえてきたのだ。

「困ったものよ……。妻（ロウ）よ、何をしておるのだ？　だらしないではないか。とうさを泣かせるなぞ、親不孝というもの。心配せずとも、わしはいつもそばにおる。生きよ、妻（ロウ）――」

それは間違いなく怪羽矢（ケハヤ）の声で、毎日聞いていた愛しい声で、ずっと聞いていたかった声だった。すると、既に枯れたはずの涙が一滴だけ妻（ロウ）の目から流れ落ちた。

この涙が死へ一直線だった流れを変えた。

怪羽矢（ケハヤ）が亡くなって以来、全てを拒否していたはずの妻（ロウ）の体内に変化が起こった。急に喉の渇きを覚えたのだ。

「とうさ……みず……のみたい……」

やっと絞り出した妻（ロウ）の声は、聞き取れないくらい擦れていた。それはたぶん、怪羽矢（ケハヤ）の強い思いが妻（ロウ）へ憑依し、代弁者として伝えたのかもしれない。咄嗟に我が耳を疑った危（キ）だったが、奇跡の声だと信じ、涙でぐしゃぐしゃな顔のまま即座に立ち上がると、湧き水を溜めてある大甕まで走った。水を掬い、手の隙間から漏れ落ちてしまわないようにすり足で妻（ロウ）の元まで戻り、そっと口へ注いだ。そのほとんどが零れ落ちても、繰り返し口を塞ぐまで与え続けた。

妻（ロウ）の頬に赤みが出始めるが、身体の循環機能は当然滞っている。そのような状態の時、一気に水を与えると拒絶反応が起こる。突然、妻（ロウ）が咳き込んだ。ごくごくと飲み込んだ水をあらかた戻してしまった。慌てて呼吸しやすい体勢をとるべく、婁の身体を起こし、骨と皮だけの背中を何度も摩る。実はこの咳き込みは好転反応のようなもので、水を戻したことで身体全体の活動が再開されていたとは、さすがの危も気付かなかった。

　ほどなく、婁の意識は覚醒した。

　深い眠りから目覚めたかのように眩しい仕草をすると空を仰ぎ、ゆるゆると首を傾け、父の顔を見た。怪羽矢が亡くなって以来、一切を拒絶していた婁の瞳はもはやそこにはなく、まるで生まれたての赤子のような、無垢で穢れのない眼差しを父に向けた。父は喜びの余り感涙し、娘をこれ以上ないほど強く抱き締め、「山の神と妻が守ってくれたのだ……」と、震える声で言い、奇跡を噛みしめた。

　その後は、与えた水全てを体内へ収めることができるようになり、やがて空腹を感じるまで回復していった。死の淵まで迫っていた婁を救ったのは、紛れもなく父母と怪羽矢の愛であったろうし、そして、二上山から湧き出た神聖な水も、重要な要素を担っていたのだろう。

「腹が減ったろう……婁、しばし待っていろ」

　その場に再び婁を寝かせると、少しの合い間山の奥へ入った。

　父を待つ間、婁は青く澄み渡った空を眺めながら、怪羽矢の声を思い出していた。あれは死の淵で遭遇した錯覚ではなく、確かに身体の内側で怪羽矢を感じた。冷えきっていた身体が温かくなり始め、血が通いだしていくのを本能的に感じた。怪羽矢（ケハヤ）と一心同体になったようにも感じた。そして、未だに胸の奥深くから湧き上がる温もりが消えていないのだから、一緒にいてくれていると分かる。生身の怪羽矢（ケハヤ）はいなくなってしまったけれど、離れていたものが一つになった。悲しみが消えることはなくても、もうそれだけで十分だった。

暫くすると、父が木の実を両手一杯に抱えて戻り、横になっている婁（ロウ）へ「滋養になる実を捥（も）いできたぞ」と、半刻前とはまるで違う、晴れ晴れしい表情で言うのだった。

婁（ロウ）を背負い、村に戻った危（キ）は、早速捥いできたばかりの実を擂（す）り潰し、沸々と煮え立つ重湯の中に投入する。長期間食べ物を入れていない胃は、重湯から始めるのが肝心だが、そこに栄養価の高い木の実を入れたのは、一日も早く回復してほしいと願う父の愛が込められている。

婁（ロウ）を抱え起こすと、ぬるめの重湯を舌へ乗せてやる。

「すぐに飲んではならんぞ。噛まずとも、噛むつもりで、少しずつ飲み込むのだ」

父の指図を心地よく聞きながら、ゆっくりと咀嚼し始めた途端、目を見開く。

「……お……いし……」

まだはっきり声を出せない状態でも、言わずにはいられない。これほどまでに甘みがあり、癒される重湯は初めてだ。飢えきっていた身体が喜んでいるのも分かる。ゆっくりと、椀一杯分の重湯を食べきり、その夜は、怪羽矢（ケハヤ）が逝ってしまって以来、気を失ったように深い眠りに就くことができた。

あくる日から養生の日々が続いた。妻の身体は相当なダメージを受けており、一人で起き上がることもできない状態なのだ。まずは心身の回復に専念し、父手製の滋養溢れる重湯を残さず食べ、よく寝る。重湯が粥に、粥が固形物にまで進み、身体の回復が安定すると、次は気力の回復に費やした。

妻の身体の中には今も怪羽矢が存在している。もちろん生身の怪羽矢は既にこの世を去っているが、魂は健在だ。心の中で会話だってできる。快方に向かっている妻を喜んでもいるし、無茶を叱ったりもする。そもそも何故、怪羽矢じゃなければならないのか。瀕死の状態になるまで怪羽矢を望むのか。愛しい人を亡くした時、寂しくて悲しむのは当たり前でも、しかし時が解決していく。いずれ他の男を望むことがあるかもしれない。人の世とはそんなものだ。しかし、妻には無理な話だった。

何故、怪羽矢以外の男では駄目なのか。

妻は両親の愛をふんだんに受けて育った。母は病弱で外に出ることがほとんどなく、無口で、常に冷静で、しかし心は温かい。父は勤勉による博識で、知恵があるから冷静で、どんな些細なことでも妻に考えることを促した。そんな二人に育てられれば、自然に情け深く、そして道理が身についていく。人の良し悪しも分かってくる。村の人々もそうなってほしくて道理を促すものの、多くの男たちは染まらなかった。今が居心地よく、そんな小難しい理屈は邪魔でしかなかった。

誰もが幼少時から傲慢なわけではない。家族や大人を見習いながら、ごく自然に身体に染みていく。大人に蹴られ殴られという暴力を受け、常に不安や悲しみで泣いていた子どもが、大人になると、その嫌悪する大人と同じ野蛮な男になるという摩訶不思議な現象が充満している現実。負の連鎖を断ち切りたいとは思わず、やられたらやり返す。婁（ロウ）は危（キ）の存在が盾になり、直接大人から制裁を受けてはいなかった。しかし狭い村内で、毎日のように勃発する諍いはずっと見ており、聞こえもした。

痛くて辛くて泣いてばかりいた友が、身体が大きくなると小さい子どもを何故殴るのかが全く理解できなかった。辛い思いを次の世代にまで引っ張る意味が、どうしても分からなかった。痛いのに嬉しい人なんていない。そんな赤子でも分かることを何故繰り返すのか。そして、村の誰もがそれを止めようとしないのも理解できなかった。唯一、ただ一人止めに入っていたのが怪羽矢（ケハヤ）だったのだ。怪羽矢（ケハヤ）は自分が殴られても動じない。むしろ殴る男に向かっていった。それは幼い時分からずっとそうだった。当然、怪羽矢（ケハヤ）の身体はいつも痣や生傷が絶えないのだが。

「わしは構わん」

　幼い怪羽矢(ケハヤ)はそう言って、婁(ロウ)に笑顔を向けていた。

　婁(ロウ)は嬉しかったのだ。父母以外で気持ちを共有できる人が有り難くてとても嬉しかった。怪羽矢(ケハヤ)だけは婁(ロウ)の思いが通じるのだから、恋しくなるのも自然なことだった。怪羽矢(ケハヤ)と一緒にいれば、自分らしくいられる。それは怪羽矢(ケハヤ)も同じで、共に力を合わせれば、村を変えていけるかもしれないという希望もあった。それがいつしか、まっさらな新しい村を作る方向へ変わっていった。

　横暴な男たちは、怪羽矢(ケハヤ)の身体が大きくなっていくに従って、怪羽矢(ケハヤ)の視界の範疇ではおとなしかった。ずるく卑怯者の男たちは、怪羽矢(ケハヤ)のいない時に暴力を振るっていた。村の男たちにとって、怪羽矢(ケハヤ)は目障りで鬱陶しい存在でしかなかったが、村長(むらおさ)の娘の男だから二の足を踏んでいた。結局は裳佐(モサ)の強行で、卑怯者に軍配が上がってしまう虚しい結果に、婁(ロウ)は耐えられなかったのだ。怪羽矢(ケハヤ)は唯一無二の存在で、他の男に代わりは務まらない。生涯の同志を失った喪失感が癒えるのには、まだまだ時間が必要だった。

新たなる計画

婁の気力の回復はまだまだ先が長そうでも、身体の方がまずまずになると、危はまた山へ登るようになっていた。

「わしが山へ行っている隙に、何かあってもいけない」

「とうさ、婁の中には怪羽矢がいる。怪羽矢が守ってくれるから大丈夫だ」

婁はそう言って、山へ登ることを躊躇っていた父を促した。万が一の時は、内にいる怪羽矢が何らかの形で婁に報せてくれるに違いない。怪羽矢は絶対に見過ごさない。あの奇跡を目の当たりにしている危は、それもそうかと、すんなり得心し山へ登った。

母親が亡くなってから、婁は一人で眠る習慣ができていた。子どもだった頃は、婁が眠りにつくまで父もそばにいて、熟睡したのを確認すると山へ登っていた。その後、怪羽矢が婁の家で寝るようになったのだ。

数年ぶりに、婁が一人で夜を明かす日々が戻った。何も考えないように目を瞑る。次第に微睡んでいき、怪羽矢の笑顔を見たような気がすると、いつの間にか深い眠りに落ちていた。

　深夜、不快な声を聞いた気がして突如目が覚めた。

「ああ……そうだった……」

　呟きながら嫌な記憶が蘇る。裳佐の騒動と半月に及ぶ療養で、嫌な記憶を忘れていたらしい。

「――怪羽矢、あのさ、夜……痛そうな声や怒っている声が聞こえて目を覚ますんだ。怪羽矢はどうだ？　婁はその声が怖くて……朝まで眠れない……。一人は怖いよ。なあ、とうさがいない日だけでいい。一緒にいてもらえないか？」

　当時、十二歳の怪羽矢に家に来てほしいと願ったのは婁だった。

「――なんだ、婁は意外と弱虫なのだな。だが、わしにすれば有り難い。なんせ、わしの家は人が多過ぎて狭くて敵わん。早速今宵より、婁の隣で眠るとしよう」

と、この時も婁の不安を吹き飛ばすような笑顔を見せた。

　狭い村内で毎夜起こっていること。婁の錯覚ではなく、誰もかれもが承知していること。知らんぷりする者と、耳を塞ぐ者に分かれること。再び不快な声が聞こえたのは、単純に婁が回復した証拠なのだが、こればかりは回復しても聞きたくなかった。

　それから数日間、毎夜続く不快な音に耐えに耐えながら横になっていた。それは決まって男の怒鳴り声と、乱暴の擬音。対して女の方は泣き声と喘ぎ声である。何が起こっているかは詮索するまでもない。夫が妻や子どもを殴り、当てつけに物を壊す。痛さと悲しみの泣き声、喘ぎ声に変わる時もある。泣き声がやむまで殴る音が続くこともある。

当時、翌朝何気なく声の主の様子を窺うと、一切を遮断する態度で家事に専念し、女の隣には母親の衣の端を摑み不安そうに指を吸っている子どもがいた。村ではいつもの光景でも、妻(ロウ)の胸は痛み、辛くなり、悲しくなる嫌な瞬間だった。

親友の磨津(マツ)の声を聞いた翌朝は、我慢できずに磨津(マツ)の家を訪ねた。案の定、蟀谷(こめかみ)に真新しい痣ができている。

「磨津(マツ)、その痣どうした？……」

咄嗟に痣を手で覆い、妻(ロウ)に愛想笑いを浮かべる。

「ああ、これ？　何でもないよ、転んだだけ。あたし鈍いから……」

「顔から転ぶのか？」

どんなに鈍かろうが手で身体を庇うだろう。

妻(ロウ)はその言葉を素直に受け取れなかった。

「手が塞がってた……」

これ以上責めても、お互い気が塞ぐだけでしかない。もしも磨津(マツ)が「夫に殴られた」と言ってくれたら、妻(ロウ)は夫に詰め寄るつもりだった。残念ながら妻(ロウ)が期待した言葉はなく、殴られる日常を受け入れる。磨津(マツ)だけじゃなく、村の女皆同じ気持ちなのだろう。

　全快が間もなくというある日、解決の見えない疑問を婁(ロウ)は父にぶつけていた。

「とうさ、おのこは何故おなごを殴るのだ？」

　婁(ロウ)が瀕死だった時、父の眉間には常に皺(しわ)が寄っていた。快方まっしぐらに頬が緩み、皺も緩んでいたのに、またぎゅっと寄ってしまう。

「……わしは殴らぬぞ」

　山から戻ってきたばかりの父は、婁(ロウ)の作った薬草汁の椀を大事そうに両手で挟み、ズズッと啜る。

「ああ、とうさは、かあさも婁(ロウ)も殴らない。それは知ってる。でも、磨津(マツ)や仔井(コイ)のとうさと夫は殴る」

　今や夫に殴られる磨津(マツ)は、幼い頃は父親に殴られていた。あの時は泣いて婁(ロウ)に縋りついていた。偶々(たまたま)機嫌の悪い父の視界に入り、偶々目が合っただけで弱者が格好の標的になり、憂さ晴らしの餌食になる。

「……うむ、そうだな」

「あと、裳佐(モサ)だって怪羽矢(ケハヤ)だって、おやじは乱暴者だ」

父に殴られていたのは怪羽矢（ケハヤ）の母だ。怪羽矢（ケハヤ）は母を殴る父のことが許せず、何度も抗議した。結果、怪羽矢（ケハヤ）の不在中に殴り蹴るようになる。始終消えない母の痣が何よりの証拠である。辛抱強く父への抗議を続けたものの、加害者は「わしではない」と言い、被害者も「転んだだけ」と嘘をつく。ほとほと嫌気がさしていた頃、婁（ロウ）に頼られ、婁（ロウ）の家で寝ることになったというのが実情だ。

「……まあな」

父は苦虫を噛んだ表情になり、薬草汁を飲む。

「それに阿磨（アマ）だって、帆々（ホホ）だって……」

「……わかった、わかった」

名前を列挙していくと、村の女ほとんどが当てはまる。しかし、危（キ）は静観してきたわけでもない。

「……何故であろうな。本当のところは、とうさにも分からぬのだよ。わしは人を殴ったことがないからな。……色々考えてはみたが、意地を通したいからかもしれぬし、敬われたいのかもしれぬし……」

敢えて殴る者の気持ちを尊重し、当事者の身になり、そう答える。

「でもそれは間違ってる」

婁が瞬時に反論すると、父は婁の目をしっかり見つめ、大きく頷く。

「ああ、そうだ。婁の言う通りだ……だがな……」

居心地悪そうに、もごもごと呟く。

「間違ってるって、殴るのは卑怯者のすることだって、とうさが教えてやればいいじゃないか！」

予て父にそうしてほしいと願っていた。父は長なのだから、村の男たちは従うしかない。

「言うたさ。しかしな、婁。殴っていないと言われれば、それ以上はとうさも言えぬのだよ」

あにはからんや、危はとうの昔にやっていた。

「青痣ができているのに？」

誰もが知っているはずで、痣という証拠もある。子どもや妻に痣の原因を尋ねれば決定的だ。

忌々しいのは、ぬけぬけと恍ける男らである。

「おなごらは……殴られておらぬと言うのだよ」

咄嗟に、磨津と同じだと思った。「痣ができる病気」が女や子どもばかりに流行るわけでもあるまいし、何を言っているのだ。「転んだ」という言い訳自体がバカバカしい。筋が通らないのは明らかなのに、頑なに殴られていないと答える女たちの意図とは何なのか。

「何故、そんなウソをつくのさ？」

危（キ）は大きなため息を吐き、頭（かぶり）を振りながら呟いた。

「より一層殴られるから……であろうな……」

娘から視線を外し、そう答えた。婁（ロウ）は衝撃で固まってしまった。当事者でもないのに何故かどちらもバツが悪く、暫く無言の時が流れる。

怪羽矢（ケハヤ）が亡くなった時、婁（ロウ）は空虚感に襲われた。何をするべきだったのかも見失った。父の答えは、あの時と同じくらいの絶望感を思い出させた。

「……とうさ、おなごはずっと殴られるしかないの？」

「認めたくはないが……」

切なそうに歪む表情の父もまた、婁（ロウ）と同じ気持ちだと思いたい。それから夜遅くまで、また始まった不快な音を聞きながらずっと思考を巡らせていた。村長という立場の危（キ）が、耳にタコの道理を諭し続けても、暴力はやまない。何故男が威張るのか、何故こんな村で生きていかねばならないのか。

やがて婁（ロウ）は一つの答えを導き出す。

翌日から婁（ロウ）は山へ入り、怪羽矢（ケハヤ）と暮らす予定の、まだ途上のままになっている作業を再開した。湧き水から数十本の管をつなげ、大甕に水を溜めていく。敷地一帯に生い茂っていた大木を伐採し、土を均すところまでは終わっていた。いよいよ家を建てる矢先に、怪羽矢が死んだのだ。家の土台と心柱になる木は、既に怪羽矢が生きていた時に伐採し、乾燥させてある。他にも、だだっ広い敷地に林立していた小さな木から大きな木まで干してある。これらは、屋根の骨組み、床板、戸板など、木造家屋全てに使う。どんなに急いでも、婁一人だけの手では完成までの道程は果てしなく遠い。

「焦ってはならぬ。いつかは完成するのだ」

そう己に言い聞かせ、気長に作業を進めていった。

手頃な木を斧で倒し、それらを一本ずつ敷地まで引きずり、ある程度纏まると、木の皮を丁寧に剝いで干す。木の皮は繊維にして織って、衣に利用できる。女の仕事をそばで見ていただけだが、やり方は知っている。慣れない作業が、いざやってみると、新鮮でかつ面白く、憂鬱な現実を一時忘れることができる。

新居は村の狭い家と違い、いくつも「間」のある広い家。渡来物の書物から発想を得た。既に「間」の利用方法は決めていて、機織り、染色、炊事、倉庫と、人が集う憩いの間、病時の療養の間、密談の奥の間。排泄用だけは別に小屋を設ける。肥溜め用の樽を埋め、畑の肥料として活用する。追い追い獣や不審者の侵入を防ぐ柵も作る。

雨の日も、風の日も、雪の日もコツコツと単純作業を繰り返し、瞬く間に一年が過ぎ、婁一人では困難な作業だけ、父に助っ人を請うた。

「ようやく、決めたのだな？」

木材の中から一際(ひときわ)太い大木の両端をそれぞれが持ち上げる。

「うん、怪羽矢(ケハヤ)と一緒に暮らす」

一年と半年前、怪羽矢(ケハヤ)の身体はこの土台の下に埋めた。けれど魂は今も婁(ロウ)の内にいる。それは父も承知している真実でも、現実には生身の怪羽矢(ケハヤ)と暮らすことは叶わない。死んでもいいと泣き続けた婁(ロウ)は、この切ない現実を嫌というほど知っている。それでも「怪羽矢(ケハヤ)と一緒に」と答えた婁(ロウ)の心には、別の確かな一つの答えがあったが、まだ父に言えない。いずれ真実を話すつもりでも今じゃない。

「……そうか」

既に家の四隅には柱を立てる準備はできており、婁(ロウ)側を土台に嵌め込み、父側を持ち上げて垂直に立てる。あらかじめ置いてある四隅を結ぶための長木を合体させ、さらに縄を巻き付け補強した。四隅全てに柱を立て土台を安定させると、四隅の上部をつなげる作業だ。

「婁(ロウ)、この家屋は大きく広い。支柱が四隅だけでは不足であろう。見てみよ、ここは柱と柱の間隔が長過ぎる。これでは支えきれず早々に折れてしまうであろうよ。さらに二柱ずつ必要だぞ。まだ太木は残っておるか？」

この家は、横長造りになっており、実際に立ち上げてみると、短い面の補強は不要だと婁も分かるが、長い面は指摘通りに長く、仮に太い柱が持ち堪えたとしても、上部の横へつないだ材が屋根を支えきれずに折れてしまう恐れが強い。

父の提言に婁は納得し、補強用木材の必要な箇所はそれぞれ二本だろうと考えた。

「あと四本だな、とうさ」

危が笑顔で頷き、婁の頭を何度も撫でる。

「そうなるぞ、あるのか」

「あるよ」

と答え、材木置き場へ先導する。

「怪羽矢が足りなくなった時の補給を用意しておこうって、柱用の木を六本伐っておいた。とうさ、怪羽矢は天才だな」

「ああ、わしなんぞ、怪羽矢の足元にも及ばぬ……」

危が感慨深げに呟いた。間もなく木材に歩み寄ると、危は大木の状態を隅々まで確認する。そして「ほう……」という感嘆が漏れた。木材は非常に良い状態のまま保管されていたのだ。怪羽矢の性格が顕著に表れていて、日頃から全ての物へ愛着を注いでいた姿が脳裏に蘇る。束の間、大木を慈しむように撫でていた危は、怪羽矢がこの世の人ではない現実が悔しく喉を詰まらせた。

「無念であった……」

その声を聞いた婁（ロウ）は、ずっと平静を装っていた父もまた、悔しさと悲しみを抱えていたのかもしれないと気付かされ、途端に抑えていた感情が溢れ出そうになった。だが感傷に浸っている場合ではない。ぐっと歯を食いしばり、息を勢いよく吸い込む。

もう涙を流すまいと決めたのだ。一生分の涙はあの時既に使い切った。怪羽矢（ケハヤ）を思い出すたびに、いちいち泣いてばかりいたら、怪羽矢（ケハヤ）だってたまらないだろうし、何よりも婁（ロウ）の内にはいつも怪羽矢（ケハヤ）がいる。だから喉元までせり上がっていた感傷を心の奥底へ、急いで仕舞い込んだ。

父と柱の嵌め込み部分を削る作業と、残り四本の柱を立ち上げた時には既に空が茜色に染まりだしていた。西日に赤く照らされた合計八本の柱は、畏怖の念を抱くくらい美しかった。残照が続く束の間、婁（ロウ）は時を忘れたように途上の姿を見上げていた。それはまるで婁（ロウ）の未熟な心そのもののように見え、この家が完成する頃には、何事にも動じない強靭な心が欲しいと願うのだった。

不幸な一件は、婁（ロウ）にこれ以上ないほどの悲しみを齎（もたら）した。だが婁（ロウ）は村の女たちよりも家族に恵まれている。たったそれだけでも、婁（ロウ）は確かに幸運なのだ。そして、何より不幸のまま終わらせないと奮起する行動力と知恵がある。生きることが決して辛く苦しいことではないと知ってほしい女たちのために、婁（ロウ）は残りの人生を費やす。男に虐げられている女や、その子どもの逃げ場所を作る。成人の男は決して立ち入らせない、それが家造りを再開した本当の理由だった。

婁（ロウ）にとって瞬く間の五年が過ぎた。家屋は未だ完成に至ってはいないが、婁（ロウ）の傍らには山犬がいるようになっていた。この山犬を見つけたのは、屋根の造作をし始めた頃だった。早朝、森へ行く途中、生い茂る草叢の陰から、珍しく獣の息遣いが聞こえてきた。獣が珍しいわけじゃない。驚くことでもない。お互い知らんぷりする方が穏便にいく。けれど、あの日は様子がおかしかった。獣は人が迫ると、空腹でなければ逃げていく。なのに、全く動く気配がないのだ。漂ってくる気配に殺気すらない。「知らんぷりできない」という直感が過（よぎ）った。

歩みを緩めた婁（ロウ）は、その存在を確かめようと気配のある方向へ目を向けた。すると、草木が繁茂する木の根元に、婁（ロウ）よりも大きい山犬が荒い息を吐きながら威嚇するように睨んでいた。苦しいからか、背中が波打つように上下している。向かって来る気配はなく、逃げる素振りさえも示さない。至近距離に人間がいるのに、どちらの動作も示さない時というのは、それはどうすることもできない状況に陥っているということだ。

放っておくことが自然の法則かもしれないが、何故かその日の婁（ロウ）は、放っておけなかった。取り敢えず婁（ロウ）は山犬に声を掛けてみる。

「苦しいのか？」

山犬は、ウウッという威嚇音しかあげない。

「そうか、苦しいか。どれ、見せてみろ」

少しでも山犬の警戒を解くつもりで、声を抑えて歩み寄る。唸り声で威嚇し、立ち上がろうとするものの力が入らないらしく、動けない状態であるようだ。ケガを負っているのだろう。そっと近づき、山犬の胴体を隈（くま）なく見回した。案の定、山犬の首からは血が流れていたのだ。

「殺しはしない、安心しろ」

言葉の通じない山犬を宥（なだ）めながら、人に対するように話しかける。ともかく、痛さを和らげてやりたかった。野獣は、人間の本性などあっさりと見抜く直観力に優れている。危険な相手かそうでないか即座に判断し、身の安全を図る。観念した山犬は婁（ロウ）への威嚇をやめ、くうん、と痛々しい一声を発していた。

山犬の傷口は、はっきりと殺す意図があった噛み痕が点在していた。十中八九争いの果てに敗れた、という見当をつける。他の獣が潜んでいるか耳を澄ましてみるが、その気配はないようだ。勝者とそれに従う山犬らは、この負け犬を捨てたのだ。辛そうな息遣いを続ける山犬をこのまま放っておく気になれず、取り敢えず簡単に止血をして、自分よりも大きい山犬を背負い、築造中の家まで運び、さらなる手当てを施した。

婁がケガに効く薬草を擂り潰している最中も山犬はおとなしくしており、手当てを施す際には抱き寄せ、傷口へ塗布しても一吠えさえしなかった。一通りの手当てを終えると、婁は立ち上がり、裏から干し草を抱えて戻る。家屋の土台の内側に敷き詰め、その上に山犬を寝かせた。水が飲めるように口元のそばへ水の入った椀を置く。よほど喉が渇いていたらしく、間髪を入れず椀に舌を何度も入れて飲んでいた。水を飲む気力があれば、まずは一安心だ。婁は途上の作業を始めた。その様子を暫く興味深げにじっと見つめていた山犬は、ここが安全地帯だと察知したのだろう。首を下ろすと温かい干し草の中で丸くなって眠り始めた。

山犬が目を覚ましたのは、ちょうど太陽が真上に昇った頃だった。婁は持参していた干し米を水で戻し、山犬に与えようと準備していた。水で戻せば若干柔らかくなるので食べやすくなる。衰弱した身体に吸収されやすくもなる。椀に入れてやり、婁はそのままの干し米をぽりぽり嚙んで食べた。

陽が沈み、そろそろ帰路に就く頃だが、このまま山犬を置いて村へ帰る気になれなかった。いっそ山犬の隣で寝る方が安心する。そうと決めれば早速火を熾すに限る。獣は焚火のそばには寄りつかない。保存食の木の実の他、干し肉を炙って食べた。山犬には細く千切り、少しずつ与えた。

日ごとに山犬は回復し、傷も癒えると、元気に駆け回るようになった。もう婁（ロウ）の手助けは必要ない。野生の生き物だから、そのうち消えるだろうと思っていたが、どうしたわけか離れていかなかった。婁（ロウ）が村へ帰る時、名残惜しそうにクーンと鳴き、明くる朝戻る婁（ロウ）を、ひたすら待っている。こんなに懐かれると情も湧いてくる。それに山犬でもそばにいてくれれば寂しくはない。心強くもある。なんだか怪羽矢（ケハヤ）の化身にも見えてくる。懐かしい名前を堂々と呼びたい。だから「ケハヤ」と名付けた。


怪羽矢（ケハヤ）と家造りを始めてから八年を費やし、婁（ロウ）が二十三を数えた頃、ついに家が完成した。

「とうさ、家を見てほしい」

早朝、山から戻ったばかりの父に、粥を渡しながら婁（ロウ）は切り出した。

「仕上がったのか？」

「ああ、婁（ロウ）はできたと思う。けど、とうさには途上に見えるかもしれぬから、確かめてほしい」

村では数年おきにそれぞれの家屋を補強するのだが、男たちが万事仕切っており、女の出番はない。婁（ロウ）は女で、渡来家屋から発想した家屋で、そのうえ建築も初めてで、かつ未熟者である。やはり不安は拭えない。

「そうか、婁一人で手掛けた家か……ようやったな」

夕方山へ登る前に見ると約束し、危は朝飯を食べるとすぐに横になり眠りについた。

「ほう……」

太陽が西へ沈んで間もなく、完成した家の前に並び立った時、父が感心したように声を上げた。

「あの土台を見た際には、なんとも大きな家が立ち上がるのであろうと思いもし、恐らく婁には無理であろうと思うたが、これは驚いた。まこと婁一人で造り上げたのか？」

滅多に動じない父が、興奮を抑えられない様子で婁に問いかける。

「婁だけで造ったから不安なのだ。とうさ、中を見てくれ」

そう言うと、しきりに感心している父の腕を摑み、家の中へ引っ張る。風通しの良い家にするため、地面に直接板は敷かず、膝丈くらいの高床に仕上げた。

「とうさ、海の向こうの家はこんな感じだっただろ？」

「その通りだ。婁、海の向こうだけでなく、今は飛鳥の都も高床であるのだぞ。この家の床は、婁一人で造ったのだから、まあ滑らかではないが、抜け落ちぬよう丈夫な欅を選んだな」

父は家の中を歩き回り、所々で強度の具合を確かめていた。

「何よりも、この家は広うて良い。風通しもすこぶる良い。これだけの広さがあれば、家屋の中で大抵できそうじゃ」

「雨の日でも気が塞がないだろ？」

「雨漏りは確かめたか？」

「ああ、漏れた箇所は干し草が足りなかった。染みてこぬように泥も塗った」

「そうか、そうか……うむ、妻（ロウ）、ようやったな」

「大丈夫かな」

「わしが暮らすのでないからな、これ以上は分からぬ。暮らしていきながら、足りぬところは直していけばよいさ」

それもそうかと妻（ロウ）が頷くと、父も笑顔を浮かべ静かに頷いた。

「どうだ妻（ロウ）、たまにはわしと一緒に星を見ぬか？」

そういえば、怪羽矢（ケハヤ）と家造りを始めて以来、父と星を見ていなかった。怪羽矢（ケハヤ）がいた頃はともかく、一人で家を建てる決心をしてから、夜空を仰ぐ余裕もなかった。長い歳月をかけ、ようやく家が出来上がり、旅立つ時が刻々と迫りくる今なら否も応もない。

「ああ、そういえば暫く見てなかったな。うん、行くよ」

狼の隣に行儀良く座っていたケハヤも、一緒に行くつもりで、尻尾を高く揺らせ「ウォン！」と吠えた。


初夏。夜空を覆う星々は夏の宿が一面に広がっている。父の隣に狼が座り、傍らにケハヤが蹲り、星の話、今は亡き母との思い出を語り合い、時をつないだ。

「狼はあの村が嫌いだ」

不意に狼が呟いた。眦を決し眼下の村を見据えている。

「……わかっておる」

夜空を見上げたまま、事もなげに父が返した。

「なあ、狼と一緒に村を出て、とうさもあの家で暮らさないか？」

父は大事な存在だ。良識があり、誠意もあり、誰にでも優しい父。物事の良し悪しを見極める力がついたのは父の存在が大きい。これから始める暮らしに男の存在自体が邪魔になるが、父ならば狼に見えないことも見える目と心がある。まだ、人生の半分にも満たない若輩娘に指導者がいた方がいいに決まっている。

しかし、夜空を仰いだままの父は首を縦に振らない。

「狼よ、このたびはほんによくやった。どのような理由があるのか知らぬが、移り住むためにここまでやるとは生半可な覚悟ではないのだろうよ。婁（ロウ）のような子どもを授かることができて、とうさは誇りに思うておる。だがな、今わしがこの村を出てしまえば、村はたちまちなくなってしまう」

「いいじゃないか、あんな村どうなっても！」

「そうはいかぬよ。問題は山積みだが、わしが生まれた村には変わりないのだ。この村があればこそ、恩師とも巡り合え、今のわしがあるのだよ。婁（ロウ）の気持ちは、心底有り難いと思うが……もう少し踏ん張るさ」

娘も愛しいが、村を見放すこともできない。それでも婁（ロウ）は、言わずにはいられない。

「連中が改心するようには思えない。偉ぶっていても、結局とうさに依存しているだけじゃないか」

昔、まだ幼い危（キ）に容赦ない乱暴を働いていた男らは、苛立ちを発散する対象でしかなかった。それが今は手のひらを返して遜（へりくだ）る。意地も根性もない、どうしようもない男たち。まあしかし、危（キ）の兄弟たちだけは弟の恩恵を拒み、村を出て行ったのだから、そこそこの意地はあったらしい。

「かもしれぬ……だがな婁（ロウ）よ、人は婁（ロウ）のように意志を貫く性分ばかりではないのだよ。流れに身を任す者、楽を望む者、何も望まない者——一人一人皆違う。それはな、決して悪いことではない。それぞれ役割というものがあるでな。

強い者がおれば弱い者もおる。優秀な者がおれば劣る者もおる。この世は全て陽と陰で成り立っておる。つまり、世の理(ことわり)であるのだよ。まあ、心配するな。それよりも困ったことがあれば、すぐにわしを頼るのだぞ」

それきり、父も妻(ロウ)も口を噤(つぐ)んだ。父は宿図と空を交互に見るばかりだったし、妻(ロウ)はケハヤの背を撫でながら夜空を見上げていた。東方には「織女(しょくじょ)」と「牽牛(けんぎゅう)」が見えた。あの二つの宿(しゅく)は、父から聞いた話によると、一年に一度だけ出会う宿なのだとか。そういう言い伝えが大陸にあるとかつて教えられた。

いつかこの命が果てた後、妻(ロウ)の魂は夜空に浮かぶ星となり、そのそばには怪羽矢(ケハヤ)の星があり、あの宿のように再び出会えるような、何故か必ずそうなるような気がして、ほのかに心が温かくなっていた。

空が白み始めると妻(ロウ)は立ち上がった。まだやる事があると言って残る父に「妻(ロウ)はこのまま村を出る」と伝え、ケハヤを連れて山を下りた。

村に戻り荷を背負い、家を出た。そして村の女全員、個別に声を掛けることも忘れなかった。

「どうしようもなくなったら妻(ロウ)の家に来い。クスノキ様から北へ一直線上に進むのだ」

言い終えると妻(ロウ)は立ち去った。敢えて女たちを引き連れなかった。自らの意思で決断しなくては何も変わらない。意思を持つこと——そうすればきっと、生き方が大きく変わっていくはずだから。

クスノキ様というのは、山の奥、さらに奥深くに、どんな木よりも太く大きく、村では「山神様」と敬われる古木のことである。クスノキ様の周辺はいわゆる神域になっており、山民たちはよほどの飢饉にならない限り、この一帯に踏み込まない。婁（ロウ）と怪羽矢（ケハヤ）は山民が滅多に来ない、その神域の奥地を利用していたのだった。

婁（ロウ）が伴侶を失い、他の男と添う選択はせずに独り立ちしたこの時が、婁（ロウ）にとって第二の人生の始まりであった。

女だけの結界

雀（スズメ）は、鬱蒼とした森の中とまるで違う世界に目を奪われていた。

柵の外側は、柵が結界となるかの如く、すぐそこまで草木が生い茂っている。対して目の前の光景はというと、山側の斜面を背にして一際大きな家屋が一つ、その両端に小さな小屋が二つずつ、家屋の前面には畑が広がっている。畑の畝（うね）は美しく、作物を傷めずに歩く畦道にも余裕がある。畝ごとには異なる作物が育っているのも分かる。また、敷地の中央には柵よりも高い大欅を櫓（やぐら）に見立てており、恐らく外側の様子を監視する目的があるのだろう。

一見するだけだと、ここが山奥であることを忘れてしまう。呆気に取られている雀（スズメ）に気付きもせず、山辺皇女を背負った女が、家屋の方へずんずん進んでいくと、畑で作業をしていた一人の女が駆け寄り、

「何があった？」

山辺皇女を背負っている女に問いかけた。

「参（サン）、このお人は山で足を痛め、高熱を出している。急ぎ心（シン）を呼んでくれ」

「わかった」

参（サン）と呼ばれた女が広い家屋へ走っていく。参（サン）も、山辺皇女を背負った女も、男のように肌が赤黒い。飛鳥の都で働く、使用人や行商人と同じ日に焼けた肌だ。しかし目を引いたのは、皆女と子どもの姿だけである。もしや、ここがおなごだけの邑なのかもしれない。俄に雀（スズメ）の鼓動が、高鳴り始めていた。

参（サン）の後を追うように、山辺皇女を背負った女が歩きだす。そこへ、今度は一人の男の子が駆け寄ってきた。

「婁（ロウ）姉、どうしたの？」

山辺皇女を背負った女のことを「ロウネエ」と呼んでいる。緊迫した様子を察しているらしく、子どもの表情は強張っている。

「翼（ヨク）、このお方を土間へ案内してくれ。水と何か食べ物を」

男の子は硬い表情のままコクリと頷き、

「では、こちらへおいでください」

と、途端に子どもから大人に変化したような丁寧な仕草で雀（スズメ）を促した。王家よりも雅な仕草と口調に面食らった雀（スズメ）は、頷くのも忘れ、促されるがまま子どもの後について家屋の中へ入った。

「ロウネエ」と呼ばれた女が、婁（ロウ）である。婁（ロウ）は、既に意識のない山辺皇女を広間へ下ろし、そのまま寝かせた。皇女を背負い始めて間もなく、背中から伝わってくる熱さが尋常じゃないことに焦り、付き従う女の疲労など構っていられず、猛烈な速さで邑へ戻ってきたのだ。横たわった女の息遣いは益々荒くなっている。このあと手当てが迅速に運ぶよう、女の足に巻いている布と土を剝がし始めた。婁（ロウ）の鼓動も、いつになく波打っているものの、ふいに二人きりになっていたことに気付き、しみじみと、名も知らぬ女の顔を見つめた。

間もなく、参（サン）の後から、心（シン）が急ぎ足で広間に駆けつけた。

「このお人にはお子が宿っているそうだ。なんとか命を取り止めてくれ」

と言われた心（シン）は、表情を引き締め、すぐさま手当てを開始した。

雀（スズメ）が土間へ入ると、奥の厨（くりや）に女が数人おり、そのうちの一人に翼（ヨク）が駆け寄って何やら話しかけている。女は雀（スズメ）に視線を寄越しながら翼（ヨク）の話を聞いている。何度も頷き、すぐに得心したように再び雀（スズメ）を見やり笑顔を見せると、翼（ヨク）の頭を何度も撫でていた。褒められて嬉しそうな表情を浮かべている翼（ヨク）の姿は確かに子ども特有の愛らしさがあり、本来の子どもに戻ったようだ。

翼（ヨク）が柄杓（ひしゃく）を持ち、甕（かめ）から水を汲んでいる。

「まずはこちらに腰を下ろし、水をお飲みください」

いつの間にか翼（ヨク）が戻り、水の入った椀を上がり框（かまち）に置く。しかし、雀（スズメ）には聞こえていなかった。新鮮な光景に、目を奪われっぱなしだったのだ。家も衣も女たちの肌の色も翼（ヨク）も、そして土間の華やぎも雀（スズメ）には全てが驚きだった。誰もが笑顔で仕事をしており、王家や貴族の厨では到底お目にかかれない賑やかしい雰囲気に度肝を抜かれ、まるで異国か浄土のようで、羨望に似た眼差しを送っていた。

ふと、何やら強い圧を感じた雀（スズメ）がそちらに視線を向けると、翼（ヨク）と目が合った。早く座れと腕を振り続けている。妻（ロウ）から言い付かった役目を果たす意思がそこはかとなく伝わってくる。我に返った雀は、慌てて上がり框に腰を下ろした。喉は渇いていないが、案内役の顔を立てるために一口含む。途端に翼の表情が一変し、破顔したのだ。無事に任務を果たした安堵かもしれないし、雀を気遣っていたのかもしれない。実際、昨日からの強行軍で人相がすっかり変わっていたと後に聞いた。まる二日身体を酷使し、主を守ろうとする気力は限界を超え切っていたのは間違いない。

「今、室姉が食べ物を用意しております」

「シツネエ」と呼ばれた女が、鍋に木べらを入れて掻き混ぜている様子を、翼が満面の笑みで指し示す。雀の鼻にも、土間に充満している鍋から上がる湯気の匂いが漂ってきた。ああ、ここは平和なのだという安堵感に満たされていく。危険な状況からの脱出を確信した途端、いつでもそばにいたはずの主がいないことにも気が付いてしまう。そうなると腹を満たすことは後回しである。一刻も早く、山辺皇女のそばに行くことが先決だ。

「あの、お腹は空いておりませぬ。おひい様のそばに、私もいとうございます」

翼がキョトンという顔をした。

「おひい様……とは、婁姉が背負うておられた、お方様でしょうか？」

翼という子どもは、礼儀正しさはもちろんのこと、頭の回転も速いとこの時気付かされた。翼は山辺皇女を知るわけもないし、雀との関係も知るまい。余計なことを言わず聞かずで、要点のみを簡潔に聞く。

「……え、ええ……はい」

賢い子と意識した途端、妙にへどもどしてしまい、声が上ずってしまう。雀（スズメ）の動揺など知る由もない翼（ヨク）は、どこ吹く風の如く、子ども特有の愛らしい笑顔をつくり、

「では婁（ロウ）姉に聞いて参りますので、ここでお待ちください」

そう言って、珍しい色の草履を脱ぐと奥へ駆けていった。

大人のような子どものような翼（ヨク）がいなくなると、たちまち雀（スズメ）は気が急いて仕方がなかった。山辺皇女の容態が悪化してしまったのは、全て自分の責任だからだ。何よりも主への体調を最優先にしなければならなかったのに、この日の雀（スズメ）の脳裏には体調は二の次で、おなごだけの邑へ辿り着くことしか頭になかった。

自分の足が折れようが傷つこうが構わずに、屋敷を出る時から山辺皇女を背負うべきだったのだ。本能的に楽な方を選び取る側女などいない方がマシというものだ。実際「おなごだけの邑」という異郷に興味が掻き立てられたのは、山辺皇女よりも雀（スズメ）の方が強かったのかもしれない。その結果がこれだ。もしも山辺皇女の意識がこのまま戻らず、胎児共々亡くなってしまったなら、ここまで来た意味が全て消え失せてしまうだろう。返す返すも悔やまれる。そんな最悪の事態ばかりが脳内に押し寄せ、たまらず気を紛らわすように土間から厨を見回した。

向かって右端奥には大きな竈(かまど)が二つと、それぞれの竈に据えられた真っ黒な鍋からは湯気が濛々と上がっている。向かって左奥側は壁に嵌め込まれた木棚で、その棚に木皿や木椀、皿代わりの大葉が大量に積まれている。木棚の前面は高床で、そこが炊事の作業、食べ物を切る、捏ねる、擂(す)る、盛り付けなどができる設えになっている。室(シツ)と呼ばれた女の他に二人の女が広い空間を自在に動き回り、傍目からも伸び伸び動ける様子だった。

都で暮らす雀(スズメ)にはそれほど珍しい造りでもない。雀(スズメ)が暮らしていた山辺邸の厨の方が、遥かに広くて豪華だ。使用人が十数人動き回れる広さと利便性を備えている。しかし、ここは人里離れた山中なのだ。山で暮らす人々の生活というものを知らないが、都より設備が整っているはずもないと高を括っていた。それがどうだ。大所帯張りの、広さと設備が目の前にある。働く者への畏敬さえ感じる使い勝手が良さそうな配置にも、感心するしかない。一体これだけ大掛かりな設備を、誰が何のために整えたのか——雀(スズメ)は知りたくて堪らなくなっていた。結果、実際気が紛れていたわけで、緊張状態から免れることができていた。

「そばにいて良いそうです。これでお御足を濯ぎ、こちらでお拭きください」

戻って来た翼(ヨク)が、洗い桶と濡れ雑巾を雀(スズメ)に差し出した。

雀(スズメ)と山辺皇女は沓(くつ)の代わりに布を巻いていた。長時間の歩行で布はボロボロ、素足が所々からはみ出ている始末で酷いありさまである。汚れ切った足のまま室内に入るわけにはいかない。有り難く桶と雑巾を使わせてもらい、奥へ誘われた。

簡素な間続き二間を通り抜けたその先に、山辺皇女が薄床に横たわっていた。

主の差し迫る容態に打ちのめされ、雀は声を上げ駆け寄った。

「おひい様！」

雀が大声で呼ぼうとも、高熱に喘いでいる山辺皇女は息遣いが荒く、到底反応を示せる状態ではない。居ても立ってもいられずに、婁の隣で足の手当てをしている心に問いかけていた。

「おひい様は、回復できましょうか？……」

心は山辺皇女の腫れた足に粘土状のものを塗り、その上に大きな葉を当てている。

「このお方は孕んでいるのですね？」

心が問う。ここでその問いに答えられるのは雀だけ。

「……はい」

雀の返事を補うように、すかさず婁が言葉を添えた。

「心、下す薬草は避けた方がいい」

「わかっている。かなり無理をされたご様子とお見受けしますが……」

「……はい、全て私の責でございます」

「手は尽くします」

心が早速薬草を粉状に擂り始める。

「何とぞ、何とぞ、お願い申し上げます」

荒い息遣いを続けるせいで、山辺皇女の唇は渇き切っている。生死を彷徨う主を見つめながら、雀は深々と頭を下げた。

「さて、謂れを話してもらおうか」

あとの処置を心に任せた婁が、雀に対峙するように正座したまま向きを変えた。婁は無駄な時間を嫌う。病人の成り行きを見守る最中でも会話はできる。

ほんの少し垣間見ただけの邑に魅入られていた雀は、是非ともここで暮らしたい願望でいっぱいだった。言われなくても、包み隠さず事情を打ち明けるつもりだ。

「……あの、私は雀と申します。こちらに伏せておりますのが、大津皇子様の正妃、山辺皇女様でございます。ここはおなごだけの邑でござりましょうか？」

婁が黙ったまま頷いた。

「実は……贔屓の行商人から、二上山におなごだけの邑があるようだと聞き及んでおりました。確かな場所も知らずに、一縷の望みを託して参った次第でございます。昨日早朝、大津皇子様がご自害され身罷りました。おひい様は天智天皇の皇女様でございます。夫の大津皇子様は天武天皇の皇子様でございました。天武天皇がつい先頃崩御され、次期天皇の候補の一人であられたのですが、それを望まぬ者に阻まれましてございます。
大津皇子様が陰謀を働いているという咎（とが）をかけられました。王家では、咎は身内にまで及びます。けれどわたくしは、大津皇子様の御子を身籠もうておられるおひい様に後を追わせるような真似をさせるわけには参りませぬ。それ故、おひい様を説き伏せまして、公にはおひい様が自害したと信じさせるために、既に死した女人を身代わりに立てまして、全て捨てて参ったのでございます」

「王家の皇女……」

山辺皇女を見つめる婁（ロウ）の瞳が、気のせいではなく赤く滲んでいる。

「おひい様は、大津皇子様がいないこの世には未練はないと仰せられました。けれど、御子のために、残りの人生を生きる決意をなされました。もう他のおのこと添うおつもりはないとも仰せられました。わたくしも同様でございます。どうか、わたくしどもを、この邑へ置いてやってくださいませ」

雀（スズメ）は、床に頭を擦りながら必死に懇願する。間もなく、婁（ロウ）が雀（スズメ）の肩に手を置き頭を上げさせたが、気付けば滲んでいた涙は消えていて、涙は錯覚だったのだろうかと不思議に感じていた雀（スズメ）に、婁（ロウ）が頷く。

「ここでは王家のような暮らしはできない。働いてもらうことにもなる。それでも良いなら、好きなだけいればいい」

そう言うと、「心（シン）、あとは頼んだ」と言い置き広間から外へ出て行った。

「……かたじけのうござります」

遠ざかっていく妻（ロウ）に、何度も頭を床に擦りつける。間違いなくここは「おなごだけの邑」であり、やはり行商人の勘は当たっていた。なんの確証もなく、ほとんど一か八かの勢いで来てしまったが、このたびはその勢いが功を奏した。これだけ厳重に柵で囲われているのは、外界と交わるつもりはない表れとしか思えない。こんな山奥に、まさか亡き人と周知された山辺皇女が生きていて大津皇子血縁の子も守られるのなら、これ以上の場所はない。

心（シン）の手際は、まるで魔法使いのように核心を突く動きだった。何の根拠もないが、山で足を捻った時に妻（ロウ）に出会えたのは、間違いなく幸先が良い証で、だから山辺皇女は必ず持ち治す
——そんな確信すら雀（スズメ）は覚えた。


三日目の朝、前日までの高熱が嘘のようにストンと下がり、山辺皇女が目を覚ました。そばで見守っていた雀（スズメ）は嬉しくて、思わず声を上げて泣いた。捻挫による腫れも大分収まってきている。この邑独特の柿の葉に薬草を塗った湿布の効果によるものだろう。意識が回復したと言

っても、まだまだ油断はできない。安静を続ける一方、これまでの経緯を雀（スズメ）が伝えた。途中、山辺皇女の頬には幾度も涙が伝った。雀（スズメ）は何度も主へ謝り、山辺皇女も「迷惑をかけたわね」と謝った。けれどお互いの心の中は、言い尽くせないほどの安堵感に満ちている。縁側に近いこの間は、外の様子や家屋内の様子を把握するには最良の場所で、ここで暮らす女ばかりの顔ぶれが大体分かってきた。

　まず、山辺皇女と雀（スズメ）を助けた婁（ロウ）がここの主だ。そして雀（スズメ）たちが敷地に入った時、婁（ロウ）へ最初に駆け寄った女が参（サン）。いつも婁（ロウ）のそばにいる参（サン）には六つの女児がいる。山辺皇女を手当てしている心（シン）は医者代わり。炊事の長が室（シツ）で、若い割にはどっしりとした安定感がある。他には、収支を任されている奎（ケイ）、力仕事に長けている尾（ビ）、衣類を作っている壁（ヘキ）、装飾品を作っている角（カク）、最年長で知恵袋の柳（リュウ）、柳（リュウ）の補佐で二番目に年長の星（セイ）。まだ名を知らぬ女も数人いる。

　七日経つと、山辺皇女は床に起き上がれるようになった。この家が落ち着くのか、それとも心（シン）の処方する薬草が良いのか、子もしっかり山辺皇女のお腹の中に落ち着いている。

「今朝は一人で頂きます」

　雀（スズメ）の介助を断り、自ら木匙（さじ）で朝粥を掬い、ゆっくり咀嚼するのを繰り返した。雀（スズメ）は、嬉しいやら淋しいやら、複雑な心境ではあるけれども、山辺皇女が時々見せる笑顔を向けられれば、やはり嬉しい方が優るというものだ。

それから髪を梳き、身体を拭き、身だしなみを整えて一息ついた頃、畑の方から参(サン)が二人の元へやって来た。

「随分と、顔色が良くなりましたね」

参(サン)は畑の世話を任されているようだ。常に外にいる参(サン)の肌は日に焼けて、元気溌剌(はつらつ)としている。

「はい、皆様にはご心配おかけしました」

雀(スズメ)が板床に手をつき丁寧に礼を言う傍ら、山辺皇女も寝床に座りながら頭を下げた。

「おなご同士なのです。おなごの苦しみは、ここにいる者全て我が事のように知っております。何も気になさらず、養生くださりませ」

参(サン)は縄で編んだ独特の草履を脱ぐのが面倒らしく、縁側に尻だけ腰掛けた。

「かたじけのう存じます」

雀(スズメ)が再び礼を言うそばで、山辺皇女が目元を拭った。

男に頼らなければ生きていけないこの時代、女は日々抑圧に耐え忍んでいるのが、普通なのだ。

「ずっと……感じていたのですが、ここで暮らすおなご様は皆、溌剌とされているのですね」

山辺皇女がふと漏らした感想を雀(スズメ)も実感していた。二人が暮らしていた王家に纏わる女たちというのは、できるだけ動かず、できるだけ男の機嫌を損ねぬよう努めている弱々しい女ばかりで、この邑の女たちとは明らかに表情が異なる。すると、参(サン)が破顔しながら頷き、感慨深げに周囲を見回した。

「笑っていられるのは、全て婁(ロウ)のおかげなのです」

　家屋、そして畑、柵を造り上げるには、並大抵なことではなかっただろう。それでも笑っていられるのは何故なのだろう。

「造り上げるまでには、ご苦労もおありでしたでしょう」

「いえ、ほとんどは婁(ロウ)一人が造りました」

　間髪を入れずに頭を振った参(サン)に、それはあり得ないと思った雀(スズメ)は、何も知らない都の女をからかったのだと思った。

「まさか、おなご一人でこれほどの家屋は造れますまい」

　雀(スズメ)の反論も一理あると思ったのか、参(サン)が苦笑した。

「いえ、確かに婁(ロウ)が一人で造り上げました。婁(ロウ)の父に助力を願ったらしいが、手を借りたのは柱を立ち上げる時だけでした」

　皇女と雀(スズメ)は参(サン)の話が俄に信じられず、言葉を失ってしまった。改めて家の中と周囲を見渡しても、これは女一人でできるような代物ではない。二人の動揺を見て取った参(サン)が、話を続けた。

「誰も好き好んで一人で建てる者はおりませぬ。ここは婁が夫となる男と暮らすはずの家だったのです。二人が共に汗水流したのは、土を均すところまでで、さあこれから家を建てるぞという矢先に、婁の未来の夫は、怪羽矢というのですが、村の男に殺されました」

「え……？」

雀と山辺皇女は驚いて顔を見合わせた。あの武神のような婁に、夫がいたという事実に二人は驚いていた。男よりも男らしく、高潔さが漂う婁に、夫は不要だと思えたからだ。

参は訥々とこれまでの経緯を語り始めた。

「この邑は行き場のない者、おなごとお子に限りますが、生きていても苦しいだけのおなごが駆け込んだ場所なのです」

「苦しくなったらわしのところへ来い」

婁は村を出る際、女だけにそう言い残していた。それから三日後、最も仲の良い一つ下の磨津が、幼子を抱いて婁の家の前に立っていた。

「婁……」

婁を見つけた瞬間、磨津の瞳から涙が溢れ、顔がくしゃくしゃになった。まるで張り詰めた糸が切れたかのようだった。磨津の腕に抱かれている子どもは、母親の動揺が伝わっているかの如く、必死に指をしゃぶっている。

「磨津、その顔……」

磨津は寂しさを堪えるように、村を出る妻を見送った。あの日は珍しく、磨津の顔に新しい痣はなかった。

「ずっと……妻に言えなかったけど……もう限界なんだ。うちの人、この子にも手を挙げるようになって……」

磨津は、幼い頃から父親に蹴られ殴られ、夫からも蹴られ殴られ、しかし耐えに耐えて生きていた。日頃の暴力が原因で、磨津はなかなか子宝に恵まれなかった。ようやく授かった子は女。男が欲しかった夫は、怒るたびに「役立たずめがっ！」と、殴る蹴るに拍車がかかった。

「そうか。磨津、今までよく頑張ってきたな。ここの暮らしは質素だが、苦しくはない。痛くもない。悲しさもない」

そう言うと、抱いている子どもごと磨津を強く抱き締めた。

「妻……妻……うう」

抑えていた感情が一気に弾けた磨津が、思い切り声を上げて泣いた。すると、磨津と妻に挟まれている子どもが、より一層勢いをつけて指をしゃぶり始めたではないか。幼児のおしゃぶりは、いわば精神安定剤の作用があるので、不安が強くなると必死に吸い続けるものだ。指が千切れてしまいそうなくらい吸い続ける子どもを放ってはおけず、そっと磨津の腕から子どもを抱き上げる。婁に抱かれた幼子は、指を吸い続けながら、この成り行きに身を任せている。

「さあ磨津、家へ入ろう。綺麗に身体を拭いて、今まで溜まった汚いものは全て祓い落とすぞ！」

勢いよく言い放った婁は、片手で子どもを抱え、片腕を磨津の腰へ回し、家の中へ入った。土間の上がり框に二人を座らせると、婁は熾火状態の竈へ次々に薪を入れていく。

「湯を沸かすのだ。熱い湯の布で身体を拭けば、さっぱりとして気持ちよいぞ」

気の抜けたような表情のまま座り込んでいる磨津に向かい、場違いなくらい勢いのある大声で説明する。たちまち鍋から湯気が上がり始めると、婁は鍋の取っ手を持ち、そのまま広めの盥に熱湯をぶちまけた。ザーッという音と共に大量の湯気が沸き上がったところへ、すかさず脇に置いてあった甕を持ち上げ、熱湯の中へ水をぶちまける。

磨津と子どもに向かって破顔し、声も放つ。

「さあ、準備ができた。何をぼうっとしているのだ、さっさと衣を脱げ」

言っているそばから、磨津が羽織っていた泥の染みついた衣を婁が一気に捲りあげ、脱がせていく。案の定、磨津の身体には痛々しい痣と傷が、至る所に浮き出ている。予想を上回る痣の多さに、婁は思わず息を呑む。さらに、磨津が衣を脱がせている子どもの小さな身体にも、数カ所痣があるではないか。婁(ロウ)は猛烈な怒りが込み上げた。だが今は、目の前の二人に心血を注ぐ方が大事だった。「クソ男にはいずれ制裁を加えてやる」という決意だけ胸に秘めておかねばならない。

一旦、深呼吸し、怒りを抑えると、素知らぬふりを装い緩めに絞った布を磨津(マツ)の身体にそっと当てた。なるべく痛みを感じないように、そっと拭いていく。当然のことながら身体に触れるたび、磨津(マツ)の身体が硬直し、眉間に皺が寄る。母親の歪む顔を心配そうに見る子ども。この状況を放っておけるほど、婁(ロウ)の神経は図太くできていなかった。

「ええい、面倒だ！　ちょっとここで待て」

突然婁(ロウ)が言い放つと、素っ裸の親子をそのままほったらかし、土間から走って出ていった。磨津(マツ)は何が起こったのかよく分からないまま、裸の子どもを抱き寄せ、その場でおとなしく待っていた。すると、間もなく婁(ロウ)が、どデカい盥を転がしながら土間に戻って来たのだ。

「どうだ！　凄いだろう。これはな、染物に使うつもりでこしらえた盥なのだ。が、まだ出番がなかった。これに湯を入れるから、二人ともこの中へ入れ。これなら、僅かの間で身体が清められるぞ」

もう一つの鉄鍋の熱湯と水を盥へ入れ、脛丈くらいの深さと、体温ほどの湯加減にすると、婁(ロウ)が子どもを抱き上げ盥へ入れる。すかさず磨津(マツ)にも「入れ」と言って促した。

当時、貴族ですら風呂の習慣はなく、湯で身体を温めることや洗うことはない。もっぱら拭く習慣だったのだ。つまり、人が全身濡れるには、川や海に入る他なく、風呂桶などこの時代には存在しない。

婁(ロウ)の無鉄砲な施しに面食らった磨津(マツ)も、暫くすると全身が弛緩していく実感を覚え、初めて穏やかな言葉が口から吐き出された。

「……世野(ヨノ)、あったかいな」

「ヨノ」と呼ばれたのが磨津(マツ)の子どもで、三つの女児である。

身体が痣だらけ、汚れだらけの二人が、くっつき合いながら盥にしゃがみ込んでいる。お湯の深さはしゃがみ込んでも腹部辺りだが、意外にも世野(ヨノ)は執拗なまでに吸っていた指しゃぶりをやめ、笑みを浮かべて嬉しそうに小さな手で、ピチャピチャ湯を叩いて喜んでいる。はしゃいでいる世野(ヨノ)の顔や身体を、磨津(マツ)が湯に浸けた濡れた布で労るように拭っていく。盥の外側で屈んでいる婁(ロウ)は、磨津(マツ)の傷ついた背中に湯を掛け、土埃の汚れで絡みまくっていた髪の毛も湯で流す。

透き通っていた湯がみるみる茶色く濁っていく。それは磨津(マツ)親子の悲惨な暮らしぶりが察せられる現実だ。それでも磨津(マツ)は懸命に耐え抜いていた。

もしも婁(ロウ)がこの家を造らなかったら、磨津(マツ)は限界を超えて全ての感情をなくした生き物と化し、ただ死を願うばかりの暮らしを続けていたかもしれない。

茶色く濁った湯のままでは穢（けが）れは祓えない。婁（ロウ）は再び鍋を火に掛け、次から次へと湯を沸かし、磨津（マツ）と世野（ヨノ）へ湯を掛け続け、盥から湯が溢れて土間が水浸しになっても構わず、親子が笑顔でいっぱいになり、その顔色に血色が出るようになって、肌がふやけるくらい温まり、さらに十分に身体の汚れが落ちて、ようやく盥から親子を上げた。

痣や傷はどうしようもない。洗って消えるものではない。しかし見違えるように綺麗になった親子の身体からは、まだまだ湯気が立ち上がっており、穢れが全て取り除かれたような、さっぱりとした面持ちになっていた。磨津（マツ）が世野（ヨノ）の身体を乾いた布で拭いている間に、婁（ロウ）が新しい衣を持ってきた。

「誰が来てもいいように、用意しておいた。最初が磨津（マツ）でよかった」

親子に差し出された衣は、作り立ての新品の被り衣だった。

「こんな高価な衣……」

新品の衣は、村では都へ卸す専門の代物である。憧れは常にあるものの、古着が習慣の磨津（マツ）は素直に受け取れず、モタモタしてしまう。

「高価ではない。繊維を柔らかく揉んで、糸を作る作業は好きだったからな。正真正銘わしが作ったのだ。遠慮なく着てくれ」

戸惑いつつも、既に目の前にある衣に目を奪われていた磨津（マツ）は、おずおずと手を差し出し衣を被った。世野（ヨノ）には婁（ロウ）が着せた。

「うん、二人とも見違えたな。身体が完全に乾かぬうちに傷の膏薬（こうやく）も塗るぞ。そこへ座れ」

言われるがまま親子共々その場に座り、婁（ロウ）が慎重に膏薬を塗り始めた。ふわりと労るような塗り心地を背中に感じつつ、ほのかな風が熱冷ましにちょうど良い。

「あの人、ここへ来るかな……」

ぼんやりと外を眺めていた磨津（マツ）は、僅（わず）かに口調が硬くなる。

「心配ご無用。男は誰も近寄れない。ケハヤが追い払ってくれるさ」

磨津（マツ）の背中から婁（ロウ）が事もなげに、明るく言い放つ。

「ケハヤ……って?」

「山犬なのだ。いつの間にか住み着いた優しい奴さ。それよりも磨津（マツ）、もう帰るつもりはないのだな?」

磨津（マツ）は外を見つめたまま、きっぱりと大きく頷いた。

「ならば、今日から磨津（マツ）と世野（ヨノ）の名は捨てるのだ。今日を境に、新たな人生が始まる。そうだな……ちょっと待て」

膏薬を塗り終えた婁（ロウ）が、またもや奥へ走っていったかと思うと、書物を抱え、すぐに駆け戻ってきた。磨津と世野を交互に見ながら、新しい名前を伝えた。

「今から磨津は、参、世野は女だ」

呆気に取られたまま婁を見つめている磨津に念を押すように、もう一度繰り返す。

「だから、参と女だ。父が好きな宿から取った名だ。婁という名も、宿の名だ。これからこの家へ来る者は皆、宿の名に変えるぞ」

これは、婁の父が老人と出会って人生が好転したのを思い出し、咄嗟に思い付いた奇策だったのだが、すこぶる良い思い付きだと婁は高揚していた。

「……婁は、色々知ってるね」

「無知は人生を貧しくする。参そして女、これからは暮らす知恵を大いに学ぶのだ。おなごが知恵を持てば、おのこなぞ必要ない」

従順に生きてきた人の概念を変えさせるには、多少強引に鼓舞する必要があると婁は思っている。女は男なしでは生きていけない、まずその既成概念を払拭しなければならない。

「うん、わかったよ。世野、もう世野ではないよ、女だ。ここにいる婁の言う事を聞いて、頑張ろう」

幼い子どもに、どこまで真意が伝わっているかは確かめようがないが、それでも母親の笑顔が子どもには一番効力があるのだろう。女は参に向かって弾けるような笑顔になった。

こうして婁と参、女の三人の暮らしが始まった。

参も女も、山から採った木の実や草花、キノコ類、獣を誰に遠慮することなく旺盛に食べ続けたおかげで、みるみるうちに身体が回復していき、容姿に限らず、心まで回復していった。

次に婁の元へ来たのは、危よりも年上の豊。幼い頃熱病に罹り、命は取り止めたが、その時の後遺症で全身に吹き出物の痕が残り、村の多くの者は気味悪がって近づかず、豊を望む男もいなかった。

豊の父は、村の中では珍しく乱暴者ではなく働き者だったが、豊が二十の頃に過労が祟り亡くなった。その後は、母親と静かに暮らしていた。その母も老いて亡くなったのを機に、村に一切の未練がない豊は、婁から言われた言葉を頼りに訪れたのだ。

幼い頃から不幸続きの豊ではあるが、そんな彼女を神は見放しはしなかった。記憶力が抜群なのだ。一度聞いたことは何でも、豊の頭には確実にインプットされる。その能力を見込んだ婁の父は字を教え、渡来の本を限りないほど与え、学ぶ楽しさを授けた。今では危以上の知識を持っているかもしれない。

「豊様、来てくださったのですね」

豊を誰よりも知っている婁は、喜びの余り飛び上がりそうになった。まだまだ未熟な婁には、知恵を貸してほしい事ばかりなのだ。

「母が亡くなり、村にいる意味がのうなりました」

豊は姿勢正しく、婁と相対している。自然と婁の気持ちも引き締まる思いだ。

「わたしは豊様にも来て頂きたかった。聡明で知恵のある方だと、父はいつも申しておりました。わたしも同感です。どうぞ足りない部分を補ってくださりませ」

「私のような者がいても良いのでしょうか？」

俄に豊の表情に影が差した。すかさず婁は豊に近寄り手を握った。

「何を仰せられます、わたしには豊様が必要でございます」

婁の言葉が、長年にわたって凍りついていた心を、瞬く間に解かす。

「……必要という言葉は、良い言葉です。安心しました」

「豊様、ここで暮らすおなごは、名を変えるべきと思い、既に磨津と世野は新たな名に変えました。本心は、わたしは豊様の御名が好きです。ですが、一度決めたこと故……」

婁の迷いを即座に感じ取った豊は笑顔を浮かべ、気にするなという意味を込め、ゆっくりと頭を振った。

豊という響きは、古くからヤマトの女の名であり、豊は繁栄を齎す願いが込められているらしく、王家の名にも度々使われている。古くは崇神天皇の皇女に、邪馬台国の女王に、そして推古天皇が豊という響きを名前の中に入れている。

「あの村の苦しさを忘れてほしい故であることは十分に察しております。豊の名に未練はありませぬ、どのような名でも受け入れましょう」

多くの苦難を受け入れてきた豊は、全く動じることもなく淡々としていた。懐が深い豊に深々と礼をすると、婁は新たな名前を伝えた。

「……では、本日より柳様でお願い致します」

豊はすぐにピンときた心得顔になり、婁に微笑む。

「宿の名ですね。柳とは勿体無い名ですが、有り難く頂きましょう」

柳という名を選んだ理由は、柳の木は逞しい生命力を備えた良木であり、柔らかい枝は順応性に長けている証でもあり、そして根元に向かって枝垂れる枝葉に包まれれば、難を寄せ付けないに違いないという、婁なりの思いが籠もった名前なのだ。

それから数日後、豊の後を追うように、尼枝が婁の家を訪れた。尼枝も豊と同じで村では浮いていた。尼枝は生まれながらに顔に大きな痣を持っていた。幼い頃からいじめられ蔑まれ、人が恐ろしい生き物に思え、言葉を発しなくなった。ただ、唯一同じような境遇の豊だけには共感を抱き、一緒にいることが多かった。けれど、豊が村からいなくなり、尼枝の日常は火が消えたようになった。

尼枝の両親は健在である。実は尼枝の痣は父譲りで、父の顔にも大きな痣がある。親子共々痣持ちなのを散々揶揄(からか)われ、父親も無口な性分だった。父親は、世の中から目を背けることで己を保つ術を覚え、妻と娘が泣こうが喚こうが無関心を貫き、全てに目を背けた。ある意味、無視という行為も暴力であるかもしれない。

豊(トヨ)がいなくなり、尼枝(ニエ)は淋しさのあまり泣き暮らすようになっていた。泣いて打ち萎れる娘の姿を見兼ねた母が、「わたしらのことは気にせず、行きなさい」と、尼枝(ニエ)の背中を押してくれたのだ。尼枝(ニエ)も博識で、ただ豊(トヨ)と違うところは、独自の思想というものを持っており、呪(まじな)いを使う。豊(トヨ)にはない発想が尼枝(ニエ)にはある。もちろん婁(ロウ)には、これ以上ない強い味方を得たわけで、喜んで尼枝(ニエ)を迎え、星(セイ)という名を与えた。

星(セイ)が邑へ来て間もなく、村には異様な空気が漂い始めた。豊(トヨ)と尼枝(ニエ)が村からいなくなっても男らは困らない。むしろ清々していた。なのに、日を追うごとに、男たちの心に不穏な何かが広がっていく。

それは何故か。

婁(ロウ)がいなくなり、磨津(マツ)と世野(ヨノ)、豊(トヨ)と尼枝(ニエ)も後を追うように消えた。消えた女が、誰一人帰ってこない。残ったままの女たちは、行き先に見当はついている。婁(ロウ)のところで間違いない。けれど、婁(ロウ)はさておき、磨津(マツ)たちは、間もなく詫びて泣きつくのだろうと、高を括っていたのだ。

一向に戻ってくる気配がないということは、今の暮らしよりもマシな暮らしなのかもしれない、という、かつて抱いた覚えもない期待感がふつふつと沸き上がっていた。

「どうする？」

「わたいも村を出る？」

「いや、このまま残る方がいい？」

そんなどっちつかずな女たちの心の動揺が男たちに伝わっていたのだろう。暴れる原因がはっきりしている磨津の夫だけ、堂々と我が物顔で暴れだした。

「磨津はどこへ行った!!」

物凄い形相で目に付く女の襟首を摑む、髪を引っ張るなどして脅しにかかった。痛いし恐ろしい、がしかし、喋るわけにはいかない。僅かな希望の蔓なのだ。誰もが「知らない」と答え、決して口を割らなかった。

頭に血が上っている磨津の夫は、女の嘘を見抜けなかった。当てもないのに悪態を吐き捨てながら、狂ったように探し始めた。とはいえ、磨津にしろ、夫にしろ、他の村に縁者などいないのだ。女一人が、見知らぬ村を訪ねはしない。ならば男だ。馴染みの男がいたのだ。そいつの村で仲良く暮らしているのかもしれない。見つけたら許さない。俺をコケにした罰を与えなければ、気が済まない――。

短気で思い込みの激しい夫は、周辺の村々へ赴き、遠目から様子を窺った。怒気が漲(みなぎ)っている男というものは、ちょっとした動作も荒々しくなるようで、本人は隠れているつもりでもあっさりと見つかってしまい、自分よりも強い男から殴る蹴るの暴行を受けて帰ってくるありさまだった。ボコボコにされた磨津(マツ)の夫は、自分の村でうっぷんを晴らすかのように、磨津(マツ)の母親をしこたま殴った。

どの村にもいない、ならば奥山だ――愚かな夫にも人並みに考える頭はあった。

怒濤の勢いで、山中を隈なく捜し回る。ところが、突然どこからともなく飛礫(つぶて)が飛んでくる。動物でも人でもないような気味の悪い嬌声が聞こえる。生き物の気配もないのに、草木がびゅんびゅんと揺れる。こういった奇怪な現象に見舞われること度々――次第に何かに憑かれているような鬼気迫る形相になっていた。

結果、夫の執念が優り山の奥深くでようやく人家を見つけた。皮肉にも怒気を放ちまくり、ドスドスと歩き回る男を妻(ロウ)とケハヤはとうの昔に気づいていた、というオチはつく。妻(ロウ)はケハヤを連れて早朝から木の陰で待機していた。男のにおいをいち早く察知したケハヤが走りだし、森を駆け抜け、磨津(マツ)の夫に猛然と飛び掛かり至る所に咬みついた。

後から追いついた妻(ロウ)は、瀕死の状態になるまでケハヤを止めなかった。瀕死の夫を、妻(ロウ)が片方の肩に乗せて運び、村の入り口に置いた。ケハヤに喉を咬ませなかったのは、見せしめのためだった。磨津の夫はもう歩くことはない。この先、狼藉を働くことができない身体にしてやっただけだ。村の男たちは、婁の意図とも知らず、ただただ怪しむだけだった。傷から察するに、獣に咬まれたらしい。しかし獣の仕業ならば、何故急所を外したのか、そして何故、村の入り口まで運んだのか——妙に気味悪く、事を大袈裟にしなかった。

　対し女たちは、婁の合図だと分かっていた。まるで女たちのうっぷんを晴らすかのような小気味よい光景である。女なら誰もかれもが、溜飲を下げたに違いない。そして、婁が「安心してわしの元へ来い」と言っているようにも思えた。

　この出来事をきっかけに、さらに女たちの態度に落ち着きがなくなり、妙にソワソワするようになり、男にしてみれば癇に障る行為の頻度が増え、

「ええい！　鬱陶しいっ！」

と、より一層殴る蹴るの仕打ちを招くことになってしまった。

　何度も言うが、女に責任は一切ない。逃げる場所があるという微かな憧憬が益々募り始めるのは当然の結果で、次は誰がこの村から姿を消すのか、あるいは他の女のことなど待たずに先に去ってしまおうかと、ついには決行する隙を狙うばかりになっていた。

　そんな緊迫状態の中、最初に村を去ったのは、男児を連れた左委だった。左委は夫と他の男から毎晩のように犯されていた女だった。左委の夫は、山で捕った獣の皮を都で売っていた。

そのため頻繁に家を空けていた。日頃から留守がちなところを、他の男に狙われた。夫のいない夜、必ず左委（サイ）の家に押しかけ押し倒す。口を塞がれ凌辱される。「誰にも言うでないぞ！」と脅しながら動き続ける。誰にも言えず、助けを求められず毎日怯え、都から夫が戻れば、犯す男と大差ない暴君の相手をしなければならない。望みもしないのに二人の男から散々な目に遭うことは、これまでの左委（サイ）なら諦観するしかなかった。

ところが、磨津（マツ）の夫の溺死を目の当たりにしたあの日、淀んでいた心が動いた。婁（ロウ）から囁かれた「どうしようもなくなったら、わしの元へ来い」という言葉。磨津（マツ）が未だに戻ってこないという希望を胸に走った。着の身着のまま、五つの世駆（ヨク）を連れ、婁（ロウ）の元へ走った。左委（サイ）は觜（シ）という名になり、男児の呼び名は変えず、字だけ変えて翼（ヨク）となった。

さらに翌日、村の若い女二人が同時に村を去った。阿磨（アマ）と帆々（ホホ）。二人はまだ夫を持つ年齢に達していない、いわば生娘だ。

「婁（ロウ）姉、私たちもここで暮らしたい。だって、益々村の様子がおかしくて、とうさたちからは余計に殴られるし……」

阿磨（アマ）と帆々（ホホ）は手をつないでいた。続々と女がいなくなっていく状況に、男たちの怒気が一層募っているらしい。殺される前に逃げ出そうと、二人は相談し合い、両親に内緒で駆け込んできた。いずれ近いうちに村の若い女は皆いなくなると婁（ロウ）は算段している。村の男たちがどう出るかも予測している。

「嬉しいが、阿磨(アマ)も帆々(ホホ)も、好きなおのこはおらぬのか?」

唯一の心配は、おなごとして生まれれば子どもが欲しくなるのは当然で、婁(ロウ)のところではその希望は叶わない。

「いない」

阿磨(アマ)も帆々(ホホ)も声を揃えて即答した。

「これからできるかも知れぬぞ」

念を押して聞いてみても、それぞれが頭を振った。

「おのこは怒ってばかりで嫌だ、好かん。添いたくないからここに来たの、婁(ロウ)姉」

「そうか、わかった。よく来たな、歓迎するぞ」

大きく頷いた婁(ロウ)は笑顔を向けた。阿磨(アマ)には壁(ヘキ)、帆々(ホホ)には尾(ビ)という名をその場で与えた。

実を言うと、二人共、あるいはどちらかはいずれここを去ることになるだろうと婁(ロウ)は思っていた。母親になりたいという願望が生まれない保証はない。ここは本当に男を必要としなくなった女が暮らす場所で、まだ男を知らない二人には居心地が悪くなる可能性が高い。けれど、泣く泣く去るのではなく、知恵を付けたうえで、未来に希望を持って去るならいい。男の言いなりになって苦しみを重ね、我慢しながら生きていくことほど、無駄なことはないのだから。

それからも続々と女たちが駆け込み、名を変えて加わったのは、子ができないことを理由に長年暴力を受け続けていた心（シン）、子が二人いても毎日のように獣の如く妻を貫き、身体がボロボロになっていた室（シツ）、男児二人は虚（キョ）と亢（コウ）。夫が争いの末、打ちどころが悪かったために亡くなり、寡婦（かふ）を狙う男から逃げてきた奎（ケイ）と男児の張（チョウ）。また、夫だけでは物足りなくて他の男に色目を使い、夫に殺されそうになった少々異質な境遇の角（カク）と女児の胃（イ）。合わせて十七人の暮らしが始まった。

婁（ロウ）の家はたちまち大所帯になった。家屋は一つ。けれど、邑は出来上がったようなもの。ごく自然に「婁（ロウ）の家」から「おなごの邑」と呼ぶようになっていった。

邑を維持していくために統制は必須だ。それぞれに役割を与えることも大事だろう。こうなることを予想していた婁（ロウ）は、役割分担をある程度纏めていた。

「柳（リュウ）様、ここで皆が平和に暮らしていくには、一人一人に役目を与えるべきかと思うのです。それぞれの役割を列挙してみましたので、目を通して頂けますか」

柳（リュウ）も、長年同じ村で暮らしてきた女たちの長所短所を大体把握している。婁（ロウ）の人選は的を射ており、異論はない。

「人は責を担えば嬉しいものです。何より、一番の生きがいは必要とされることなのです。ですが、役割は他にもございまするぞ。星にも手伝うてもらいましょう」

柳と星が新たに加えた役割を示した。家の補修、畑の造作、炊事、行商、衣服や雑貨の生産は既に列挙していた。

「薬師と財政を任せる者も必要でしょうね」

薬草を乾燥させ保存する作業と保管、症状に合う薬草を使いこなせる薬師。十数人が暮らすとなれば、当然お金はあった方がいい。その際、出納記録と算木を使いこなせる者も必要だ。無論、柳と星には今以上に知識を得る傍らで、師という役目を担ってもらい、無学の女や子どもに学問を教える。

早速、各々に役目を言い渡す。荷が重い、担った役目が不満、これらの拒否がある場合遠慮なく言えと笑顔を向けた。誰も首を横に振ることもなく、むしろ満面の笑みで快諾した。

ところが、女たちには自ら動く知恵がまだなかった。幼い頃から父親や兄弟、夫の言いなりになってきたからだ。といって、手を拱いてそばで様子を窺っていられないのが婁である。初手は全員が力を合わせ、取り組む作業から始めることにした。軌道に乗れば、あとは、おのずと課題を見つけていくだろう。

最優先事項として、邑を囲う柵造りがいい。

次々に消えていく女たちの捜索が遅かれ早かれ開始されるのは火を見るよりも明らかだ。既に磨津(マツ)の夫に捜し出されたのだから、どんな阿呆でも、いずれこの場所は見つけてしまうだろう。婁(ロウ)はおとなしく引き渡すつもりなど、無論ない。男たちと闘うこともやぶさかではないが、それに備える防備を固めるのも一つの戦い方だ。ともかく、皆に与えた各々の役目を一旦保留にし、全員で邑を囲う柵造りに励む毎日になった。

人手が多いと材料を揃えるのも、加工していくのも、婁(ロウ)が一人でせこせこ造っていた時の数十倍の速さで進んでいき、七日経つとあらかたの材料は揃った。いよいよ柵の骨組みに取り掛かると、邑で一番身体が大きい尾(ビ)と、小柄でも腕力がある参(サン)が、柵の土台になる束ねた丸太を一幅間隔で埋め込んでいき、間に細木を植えていく。そこへ編み込んだ丈夫な蔓を括り付け、壁を造っていく。さらに、雑草を集め乾燥させ、水を含んだ粘り気のある土と混ぜて粘土状にし、柵の隙間に埋めていった。取り敢えず壁はできた。だが、緑が生い茂る中、土色をした壁は目立ってしょうがない。森と同化するために、外側に青々しい枝葉を土壁の至るところに刺し、周辺に木々を植え替えた。四十日を費やした壁造りはここで一旦終了である。今後の補強と補修は、役目を担った尾(ビ)に任せることになった。

人手がいる作業はまだ他にもある。畑作である。山の恵みだけでは到底足りない。購(あがな)うか、自ら食料を作るしかない。なるべく外界と距離を置きたい婁(ロウ)は、数多くの野菜を作ろうと決めていた。女は子育てが誰でもできてしまうように、少しずつ成長していく畑作に向いている。

土を均す作業は、ほぼ邑の女たち全員が汗まみれになりながら何度も何度も耕し、眠っていた土に息を吹き込んだ。

　植える食物は何がいいだろう。天候に左右されにくく、栄養価の高いものがいい。そこで婁(ロウ)は、柳(リュウ)に知恵を借りることにした。

「麦と粟は力の元故、多めに作る必要があります。他はおおね（大根）と芋が良いでしょうね。おおねは水分が豊富でそのまま食して良し、煮ても良し、乾燥させても良し、さらに薬にもなります。芋は腹持ちが良いので、外せませぬよ」

　柳(リュウ)の提言をそのまま実行するにしても、これらの苗と種を調達しなければならない。こんな時、頼りになるのが婁(ロウ)の父だ。山へ登り、宿図作業中の危(キ)に願った。翌々日に山で落ち合い、満杯の藁袋を受け取った。苗植えと種蒔きも早々に終了し、以降、畑が持ち場である参(サン)が維持していく。

　衣も必要だ。布や衣になるフジや葛など、繊維を多く含む草木を山から持ち帰り、一度煮出し、細く裂いて糸状にする。煮出した後の液体は染色用に保存しておく。編んでいく作業は壁(ヘキ)が担った。炊事は室(シツ)、装飾品は角(カク)、薬師は心(シン)、お金の管理は奎(ケイ)、行商が觜(シ)、六人の子どもたちは全ての作業の手伝いと、柳(リュウ)と星(セイ)の元で渡来文字を習うことになった。手が空いていれば誰であろうと率先して手伝う。おなごの邑が、ようやく軌道に乗り始めたのは、まるまる季節が一周した頃だった。

「私たちは皆必死でした。ですが、何もないところへ、何かを生み出すというのは楽しかった。誰も弱音を吐きませんでしたよ。邑が軌道に乗った頃、この暮らしを望んだ母たちも迎えましたし、人手も多くなりましたから、随分楽にもなりました」

参(サン)が邑の事情を話し終え、雀(スズメ)はもう一度、邑全体をゆっくり見回してみる。すると、事情を知らなかった時よりも、不思議に情が湧いてくる。

「そうでしたか……この邑の暮らしは長いのですか？」

畑には何種類もの作物が大事に育てられている。家の中の様子も、ある程度の年月が経っているように思われる。

「もうすぐ三年になります」

短いようで長い年月。特に物事を始めて軌道に乗せるまでの苦労は、並大抵ではないだろうが、まるでないように女たちは皆笑っている。

「なるほど、得心致しました。外の柵も大層ご立派でございますし、畑も潤うておりますし……。ですが……やはり、何と申しますか、おなごだけで作り上げたようには、いまだ……」

女だけでは無理だという常識がまだ抜けきれていない雀(スズメ)の正直さに、参(サン)が苦笑した。

「ははは、できるのですよ。皆工夫に工夫を重ね、精進しております」

「あ、いえ、決してそのようなつもりではなく……」

慌てて雀(スズメ)は誤魔化したが、納得しきれない心境だった。これまで聞き役に徹していた山辺皇女が、間の悪そうな雀(スズメ)の様子に苦笑しながら口を開く。

「おのこのいぬ生活に、ご不便はございませんか?」

この問いかけを、まるで待っていたかのように即座に参(サン)は頭を振る。

「一緒にいる頃の方がよほど不便でございました。婁(ロウ)がいなければ、それすら気付かなかったのです」

参(サン)の答えを聞いた山辺皇女は、これまでの人生を思い返してみる。幸い、山辺皇女の周辺には、山民の男のような横暴な男はいなかった。ただ、無言の圧力がなかったとは言えない。全て父の意向に沿って育ち、大津皇子と添うようになっても、夫の望みに従うのが当然だった。

「おなごにも、おのこに劣らぬ知恵があると気付かされました」

男の言いなりにならない——という強い信念が溢れる言葉で参(サン)は締め括る。

たった今聞いた話が本当ならば、参(サン)は婁(ロウ)と暮らすまでは弱く儚い女だった。まるで別人の話をしていたのではないかと思わせる、その強さをどうやって身に染み込ませたのか、眩しくて、羨ましくて、そして、いつか私もそう思える日が来るのか、いや、その日が来てほしいと、山辺皇女は心から願う気持ちになっている。

「あの……わたくしどももここに置いてもらえるのでしょうか？」

参（サン）が山辺皇女と雀（スズメ）を交互に見て、笑顔を向ける。

「妻（ロウ）は、頼ってきた人を追い返したりは致しませぬ。おのこは別でございますが」

と、冗談を交え二人を安心させた。そこで、すかさず雀（スズメ）が参（サン）に願い出る。

「では、おひい様はまだ休ませて頂き、代わりに、雀（スズメ）に仕事を与えてくださりませ」

山辺皇女の回復が目覚ましくなってきており、雀（スズメ）の介助も早晩必要なくなる。主でもある山辺皇女が働けない分も、雀（スズメ）が担うつもりでいた。

「かたじけのう存じます。では、妻（ロウ）に聞いて参りますので暫しお待ちを」

そう言って、参（サン）は山辺皇女と雀（スズメ）のそばを離れた。


「ここは、ほんにおなごの邑なのでございますね」

「ええ、誰しも役割を担っていれば嬉しいもの。おのこの仕事と思っていたことも、そうではなかったのね」

山辺皇女の頬には、うっすらと赤みが帯び始めている。

「正直申しますと、おのこがいぬ邑とは、閑散として貧相であろうと思うておりました。けれど、ここは貧相とは無縁の、楽園であるかのようでございます」

屋敷の修理をするのも男、食材を運ぶのも男、庭造りも男、学問を教えるのも男、守衛も男、天皇も男…雀（スズメ）の脳裏に浮かんでくるのは、女ではなく男なのだ。そういう暮らしの中で生きてきた。全て女に変えて想像してみるが、収まりが悪いような気もする。慣れというのは怖い。当然と思っていたことが当然でなくなる時、人は戸惑う。当然を覆すのは実感しかないだろう。

「ええ、もしもこの先、不都合が生じるとしたら、継承していくことだけかしら……」

当然、おなごだけの邑では子どもの誕生は難しい。だが、山辺皇女のような例もある。

「それはおひい様、私どものような者がおります故、ご懸念には及ばぬと存じますが……」

「そうね、そうだといいわね……」

山辺皇女の懸念を忖度できずに「どういうことでございます?」と、その先を促す。

「いえ、あまり先の心配などしない方が……」

そこへ参（サン）が妻（ロウ）を伴い戻って来てしまい、最後まで聞くことができず、結局そのまま、雀（スズメ）は主人の言葉を忘れてしまった。

「随分顔色が良くなりましたね」

寝床のそばに座る妻（ロウ）の眼差しは温かく、心から安堵するように労いの言葉を掛けた。

「皆さまの、ご慈悲の賜でございます」

山辺皇女は心から礼を伝え、恭しく頭を下げる。

「いえ、あなた様が生きたいと、心の底から望んだ結果です」

「生きたい……のでしょうか？」

躊躇いつつ問いかける。意識が混濁していた時、このまま浄土へ渡るのだと諦めていたような気もする。少なくとも、後悔はなかった。

すると突然、常に冷静な婁が山辺皇女の手を取ったのだ。真っ直ぐ見つめたままぎゅっと強く握る。

「あなた様は、確かに生きようとなさっておられました。子が宿っておるのです。母として当然のことです」

途端に、雀はたまらず嗚咽を漏らす。これまで胸の奥へ、奥の方まで押しやっていた感情が一気に破裂してしまった。側女の意地が優り、口を覆い声は抑えたものの、肩の震えはどうにもならなかった。たとえ、婁との出会いが奇跡だったとしても、山辺皇女の気力がなければどうにもならなかった。生きたいと強く願ったからこそ、今こうしてお腹の子どもと共に生きている。山辺皇女本人よりも、雀の方が、生きている有り難みを痛感していた。

「さて、この邑で暮らす決心がついたと伺いましたが……異存はございませぬか？」

しんみりした雰囲気を一掃するような、婁の問いかけだった。畏まった二人は、頬を伝う涙を拭い、揃って再び婁に頭を下げる。

「はい、何とぞよろしゅうお願い申します」

「お二人の名は捨てて頂くことになります。それでも良いのですか？」

既に参からこれまでの経緯を聞いていた二人は、当然今の名を捨て「宿の名」になるのだろうと弁えている。もちろん、否はない。「構いません」と即答した二人に対し、頷いた婁が、刹那懐古的な表情を山辺皇女に向けるが、それもほんの一瞬のことで、居ずまいを正すと、既に用意していた名を告げる。

「では、これより山辺様は……房、雀様は牛でお願い致します。早速ですが牛殿、得意な仕事はありますか？」

「房」という名には、落ち着く場所という意味が込められている。婁の意図としては、この邑が山辺皇女のいるべき場所になってほしいという思いと、邑の女たちの拠り所になってほしいという二つの願いとは別に、感慨深い名でもあった。山辺皇女は皇族の女である。生まれた場所も、環境も、何もかもが山民の女と違う。即ち、備わっている見識がまるで違うのだ。人は知識を得ることにより人格も変わっていくが、大抵は育ってきた環境が影響する。仕草や顔形にも現れるし、癖などは残ってしまうからだ。山辺皇女や雀のような威厳を備えた女は、この邑には一人もいない。たぶんそれは、無意識に溢れ出る自信かもしれない。この雰囲気は、学のある柳(リュウ)や星(セイ)が生涯かけても身に付けることは難しいだろうし、婁(ロウ)には到底無理だろう。皇族の中で培ってきた見識、知識を存分に発揮し、是非ともより良い方向へ導いてほしいと婁(ロウ)は思うのだった。

　そもそも山民が、山辺皇女のような皇族の女に出会うことこそがまさに奇跡で、いや、運命であったかもしれないけれど、この機会を大いに活用すべきだと諭されているような気がしてならなかった。

「わたくしは側女ばかりして参りましたので、炊事と掃除ぐらいしかできませぬが、他の仕事も精進しとうございます」

「ご謙遜を。ですが、最初から気張り過ぎて、苦しくなってもいけません。では、牛(ギュウ)殿は室(シツ)のそばで、炊事を手伝うてくだされ」

　食べ物は、身体と人間性をつくり上げる大事な要素である。粗末な物でも、工夫すれば満足感も大いに変わる。牛(ギュウ)には一番肝心な炊事場で、新しい風を巻き起こしてもらおうと思った。

「承知仕りました」

「……房(ボウ)殿、あなた様は何分まだ身体が本復していないうえに、お子を孕んでおる故、柳(リュウ)様に新たな知識を与えて頂きたいと思います。柳(リュウ)様はこの邑最年長であり学もありますが、王家の知識は房(ボウ)殿には敵いませぬ。無礼な問いかけかもしれませんが、文字の嗜みはございますか？」

房(ボウ)という名に変わった山辺皇女は、しとやかに微笑を浮かべつつ、頭を振り、婁(ロウ)の問いかけが少しも無礼ではないと答えた。そんな仕草も感慨深い。

「はい、幼少の頃から教えを受けました」

その答えを心得ていたかのように、しっかりと頷いた。

「では、柳(リュウ)様を助けてくだされ」

都へ送られた男たち

次々に女が消えていった村には、男らと、今さら村を出る気力がない老女数人が残った。磨(マ)津(ツ)の夫は瀕死の状態から半月後に亡くなり、従って、女たちが「婁(ロウ)の元へ逃げ込んだ」とは村の誰もが知らないままである。気性だけが激しい男らは、行き場のない怒りを持て余すようになった。怒りの捌け口は妻や子でなければつまらない。だったら、捜すしかない。

「見つけたらただじゃおかねえ……」

そんな恨み節を憎々しげに呟きながら町へ、山へ、目立たない小村へ足を向けた。

ちょうどその頃、婁の父・危が「おなごの邑」の存在を知った。作物の苗や、種の調達を婁に頼まれた時である。婁には馴染みのない渡来書物も請われ、閃くものがあった。多量の種を求められた時の解せなかった真意も氷解した。

「婁よ、そういうことであったか……」

娘が何故必死に家を造り続けたのか、その本当の理由を知った危の胸の内は、春風のような爽やかさに満たされた。

婁は、「怪羽矢と住むためだ」と言った。たとえそれが本当だとしても、現実的じゃないのも本当だ。女たちを迎える現実を父に告げなかったのは、些細なきっかけで危の口から男らに漏れないとは言い切れなかったからだ。奴らに知れてしまえば、全てが水泡に帰してしまう恐れがあった。そうならないために、信頼している父にさえ言わず、隠し通した。それほどの強い思いが、婁を突き動かしていた。女を人と思わない男らへの報復手段としては、健全で痛快この上ないやり方だろう。

婁の意図を、危は正確に汲み取った。さすが婁の父である。危は何としても「おなごの邑」を隠し通さなければならないという思いが湧きおこり、ある依頼が舞い込んだことから、女たちの捜索をやめさせることができたのだ。

発端は、危が都へ渡来書物を受け取りに出向いた時だった。

「おお、危殿、久方ぶりでございますな」

危の恩師、老人に縁があった渡来人の梯である。

梯は、王家にも精通している渡来博士であり、渡来思想を貴族へ教える先生でもある。飛鳥の都にほど近い曽我に、梯の邸宅はあった。王家の庇護がある梯の屋敷は、曽我の地では一、二を争うほどの大きさを構えている。人の出入りが多く、主人である梯は多忙を極めているため、面会するのは数カ月ぶりのことだ。

「無沙汰ばかりで、申し訳ございませぬ。本日罷り越しましたのは、新書の調達なのですが、ございますかな……」

「相変わらず、危殿は勤勉家でございますねえ。それはもちろん入ってきております」

梯は故郷と未だに縁を続けており、先進的な思想の書物や道具など、積極的に受け入れている。飛鳥の都は、学問も文化も未熟過ぎて、唐・高句麗・新羅、滅亡してしまった百済などには到底敵わないのが現実なのだ。

「写しは……」

印刷機のない時代、誰かが独り占めしてしまえば、その内容は個人専用の書物になり、一生マル秘本になる。日記でもあるまいし、ほとんどの筆者は、マル秘を望むわけもない。多くの人に読んでほしいと願い書くのである。そこで、原本をそのまま記す写本が存在する。

「既に、書生が数冊造り上げてあります故、ご安心を」

「いつも有り難いことです」

「何をおっしゃいますか。こちらとて危殿の観測のおかげで、進化する宿図を頂戴しておるのでございますよ。天は計り知れない無限さがございます。常に発見の連続でございましょう？危殿の宿図には、事細かい説諭が明記されておる故、星に疎い私のような者には、非常に重宝しておるのです。何よりも過去の資料と比べ、星のずれを見つけ、今後の星の動きを予測する資料など、父の故郷でもないことでございました」

それはお愛想だろうと、危は僅かな微笑で誤魔化した。まだ歴史の浅いヤマトという国は、幾千年の文化を培ってきた大陸には敵わない。当然、ずれも承知しているだろうし、予想もしているはずだが、恐らく、梯には天文博士の縁が薄いのだろうと危は考えていた。当時は天体の動き自体が国家機密なのだ。例えば、現代では日食は宇宙の仕組みとして知っている。しかし大昔は、災いの前兆だと庶民は恐れていた。危は、宇宙の仕組みを知っている。国主が悪用していることも知っている。見て見ぬフリをする方が生きやすいことも知っていた。

「梯殿、都は何やら騒がしい様子に思えましたが……」

これ以上無用な会話を続けることが億劫になった危が、何の気なしに話の矛先を変えたことが思わぬ展開を迎えた。

「わたしは学問を教えておるだけですから、特にどうもしませぬがね、王家ゆかりの大女（おおきみ）様が身罷られまして、墳墓の造営が始まるようなのです。王家からのお触れによると、此度も人足を募るそうでございます。子弟の親御殿方が慌ただしくなりまして、おかげでこの学問所にまで、その影響が出ておりますよ」

「ほう、そのお方とは？」

「鏡王のご子女で、藤原鎌足殿のお妃様です。天武天皇とは、真に縁が深く、厚遇されておりました。お歌の才が、それは素晴らしかったようでございますな」

鏡王とは、宣化天皇から続く摂津の皇族で、その娘が天智天皇の妃になり、次いで鎌足の妻となった。天武天皇も、天智天皇がそうであったように鎌足の才能を高く買っていた。天智天皇にもゆかりがある鎌足の妻女を、手厚く葬るのが当然の処置だと考え、人足を募っているという次第を梯（ティ）は語った。

「梯（ティ）殿、その人足に心当たりがございます。加えて頂くことはできませぬか？」

思わず前のめり気味に願い出ていた。消えた女たちに執着するばかりで役にも立たない、人足に打ってつけの男が村にゴロゴロいる。

「おお、それは有り難きお申し出ですよ。天皇の墳墓ならいざ知らず、天皇にゆかりがあるとはいえ、女人の墓造営では、様々な理由をつけて断る豪族ばかりで頭を抱えておったようでしてな。危殿、早速この事お知らせして参るので、ここでもう少々お待ち願えませぬか」

「書物を見ております故、なんら異存はございませぬ」

梯はたちまち正装に着替え、慌ただしく屋敷を後にした。

これこそ「降って湧いた」というのだろう。危の胸が意外なほど大きく高鳴っている。墳墓造営に村の男らを派遣してしまえば、暫くの間、消えた女たちの探索を諦めるしかない状況になる。公の仕事だからと、説き伏せれば何とかなるだろう。村の男が不在の隙に婁へ注意を促し、襲撃されないよう万端の準備を整えるには十分な時もある。

より良い返事を持ってきた梯から仕事の詳細を聞いた危は、足早に村へ戻り、男たちを招集した。

「明日から、王家の仕事をしてもらうことになりました」

開口一番、余計な話は一切なしで、単刀直入に男たちへ告げた。が、危の言葉を聞いても、誰一人として理解する者はいなかった。ただ、口をあんぐりと開けているのみである。

ようやく、一人の男の身体が動いた。

「……あ？　よくわからねえけど、おうけってなんだ？」

ああ、そうであったと、危は己の性急さを恥じた。一刻も早く、この村から男らを遠ざけることばかりが頭を占めていたせいで、彼らが無知だったことを忘れていた。危が貴族から恩恵を賜っていると知っているのは、婁以外では恐らく豊と尼枝だけで、他は「偉い金持ちが危を気に入って金をくれる」としか思っていない。無論、貴族、皇族など知る由もない。

「我らにはあまり関わりがないのですが、このヤマトを司っているお方です」

「だったら、わいらに出番はねえだろうよ」

男らには、王家は「おうけ」としか聞こえない。誉れ高く、有り難い存在でもなければ、恭しく応対する存在でもないのだ。

「はい、ですがわたしの仕事は王家の保護あってのこと故……頼まれれば嫌とは言いにくいのが本音でして。機嫌を損ねて、わたしへの援助が取りやめになるのは、困ります……」

できるだけ困惑した表情を浮かべ、かつ勿体ぶりながら、さらに援助が取りやめという部分は大袈裟に伝えると、やはり男らが即座に反応した。

「えっ？　金が貰えなくなるのか？」

「ええ……あり得ます」

大袈裟過ぎるほど、危はしっかり頷く。すると、分かりやすいくらいに非難の声が上がる。

「そりゃ、困るよ。危よ、おうけの機嫌を損ねちゃまずいよ」

「ええ、ですから皆様にお願いしております」

「だから、なんでわいらなんだ？　わいらは頭を使うことはできねえよ」

分かっている。短気で横暴な野獣のような男に、頭脳を駆使する仕事は無理だと言われなくても知っているが、その言葉は呑み込み、笑顔だけ向ける。

「いえ、頭は使いません。体力さえあればよいのです。あるお方が身罷られまして、えー、身罷るとは死ぬということで、その墳墓を造るのですが、墳墓というのは、墓という意味で、この村のように、ただ土に埋めれば終わりではないのです。石を幾層にも積み重ねて部屋が設けられまして……」

分かっても分からなくても、説得力を与えるつもりで事細かに説明していると、唐突に一人の男が言い放った。

「金は貰えるのか?!」

詳細などどうでもいい。聞いたって分からない。誰もがその問いかけに固唾を呑んだ。

「もちろん、お支払い致します」

十分に間を空け「諾」と答えると、一斉に「うおー」という歓声が上がった。金が貰える――それが王家の仕事であろうとなかろうと、男たちには何よりも大事な要素だった。何やら、暫く村に漂っていた暗い雰囲気が一気に消え去る明るさを齎した。これで数カ月は、「おなごの邑」の安泰は保証できた。

対し、男らの思惑は、まるで見当違いの思い込みに走っていた。消えた女たちは、何かよんどころない事情のせいで、家に戻れないに違いない。金だ。夫の懐が温かくなれば、妻は喜んで戻ってくる。誰の墳墓か知らないが、金持ちの〝道楽〟であるのは無学の山民でも分かるのだから、恐らく今まで持ちえたことのないくらい大金を貰えるはずだと早合点していたのだった。

ともかく、金が入れば女は戻るという都合のいい解釈しかできない、おめでたい思考の集団だったのだ。

危の思惑通り、村の大半の男らは、墳墓造営作業奴として飛鳥へ去った。村に残っているのは老長けた者ばかりになり、閑散とした穏やかな風情に覆われた。この村がこれほど穏やかな空気に包まれたのは、誰にとっても初めてだった。暴れる気力もない爺と、涙の枯れた婆が、風の音を感じながら藁打ちを繰り返す。誰も罵声怒声は発しない。それぞれがそれぞれの仕事を繰り返す、穏やかな日々だ。驚くことに、一月経つと爺婆の顔つきが変わっていた。眉間に常に皺が寄っていた険しい表情から、緩やかな、穏やかな表情に変わっているのだ。ずっと普通だと思っていた暮らしは決して普通ではなく、むしろ異常だったと爺婆がようやく気付き、傍観者に徹していた危は、婁が行動を起こしたように、もっと早く男らを追い出していれば、女は逃げ出すこともなく暮らせたと、今さらながら悔やむことになった。

しかし、その気付きは一月先の事。男が去った直後の危（キ）は、妻（ロウ）が暮らす「おなごの邑」へ事の次第を報せた。村の様相と相反するように賑やかな雰囲気に満ちており、笑う顔ばかりの女たちがそこにいた。

危（キ）の姿を認めた妻（ロウ）が、すかさず駆け寄ってくる。

「とうさ！　来てくれたのか！」

抱き付く娘を、胸に受け止める。

「あっはっは、幼子のようだな、妻（ロウ）は。豊（トヨ）の書物を頼まれた時に、皆ここにいるのだとわかったぞ」

父の胸に飛び込んだ妻（ロウ）は、久しぶりに父の大きさを実感していた。妻（ロウ）が子どもに返ることができるのは、父に対した時だけだ。無意識に、純粋に甘えられる唯一の相手なのだった。

「とうさは見抜くと思うていた」

聡明な人間というのは、想像力が豊かな人でもある。ほんの僅かな言葉から、無数の事実を探し出す。

「これが妻（ロウ）のやりたかったことなのだな」

「うん、間違ってたかな」

「おなごの邑」は、いわば「駆け込み寺」のようなものだ。それが果たして正しいやり方だったかどうかは、分からない。けれど、そんな不安を父が一蹴する。

「正しい、正しくないは問題ではないのだ、妻(ロウ)。おなごが皆笑うておるではないか。それも生き生きした表情で。それが答えであろう」

道義的な方法を選ぶならば、逃げるのではなく、問題が解決するまで話し合いを重ねていくことが最も相応しい方法だろう。けれど、それができないから「おなごの邑」を立ち上げたのだ。危(キ)には、妻(ロウ)の心情は痛いほど分かっていた。全てが理想通りにいけば、誰も苦労はしない。

親子の抱擁を存分に確かめ合っていたその傍らで、ひっそりと佇む気配を感じ、危(キ)が後ろを振り返った。

「……おお、豊(トヨ)」

豊(トヨ)こと柳(リュウ)は危(キ)に対し、敬いを表すよう跪いていた。

「ご無沙汰しております」

「随分、血色がようなりましたな」

柳(リュウ)は、危(キ)よりも十歳年嵩である。危(キ)が幼い頃から、豊(トヨ)の存在価値は、ないというよりも邪魔者扱いだった。そんな豊(トヨ)を必死に守る両親の姿は、脳裏にいつまでも鮮明に残っている。危(キ)が妻を得て村に戻ると、豊(トヨ)は家に閉じ籠もるようになっていた。子どもの名に字を与えるようになっていた頃、ある日、婁から豊は村の子どもの字を全部書いていたという話を聞き、書物を与えると、豊の人生が一変したのだ。それでも村での居心地は相変わらずだったから、常に豊の表情は冷淡だった。

　そして今、目の前に佇む豊の表情は、穏やかである。口角は上がっているし、僅かでも微笑みを浮かべている。

「ここでは、私を厭う者はおりませぬ。まるで天地が逆さまになったような厚遇を受けておるので、随分戸惑うてはおりますが、これ全て婁のおかげでございます」

　婁にしてみれば、柳は生き字引なのだ。困った時に助けを求めれば、必ず何かしらの解決策を齎してくれる。厚遇は当然のことである。

「いや、いかにも相応しい待遇でしょう。わしは何もできなかった。ほんに申し訳なく思うております」

「ところで、書物はござりましたか？」

　危と婁親子がいたからこその今があり、感謝しかないと柳は思っている。謝られる謂れなど微塵もないのだから、さりげなく話題をすり替えた。こういう、さっぱりとした豊の性格が危は有り難かったし、高く買ってもいる。豊の機転に便乗し、携えていた数冊の書物を差し出した。

「あ、ああ。わしも初めて目にした唐や、唐よりも西の思想が記してある書物を持参しました」

「それは楽しみでございます。では、私は早速読ませて頂きますので、ご無礼致します」

柳（リュウ）はいともあっさりと、しかし嬉しそうに書物を受け取ると、足早にその場から去った。二人のやり取りを黙って見ていた婁（ロウ）は、柳（リュウ）の姿が見えなくなると父に頭を下げた。

「とうさ、ありがとう」

邑の外で色々と動いてくれる人がいるというのは、意図的に孤立を選んだ婁（ロウ）には、有り難い存在だ。

「いや、それよりも婁（ロウ）に伝えておかねばならんことがあるのだ」

「奴らのことだろ？」

婁（ロウ）が憂う素振りも見せず、明快に言い放つ様子に危（キ）は驚く。

「よくわかったな」

「そりゃ、わかるよ。参（サン）が来て間もなく夫が来たからね」

「サン？　誰だ？」

「磨津（マツ）だよ。みんな村の名前を捨てて、新しい名前を付けたんだ。とうさ、全部、宿（しゅく）の名前なんだ」

「ほう、それで参（サン）なのだな」

　おなごの邑で暮らすことを選んだ女には、かつての名を捨てさせ、宿の名を与える。それはまさしく、危（キ）自身が幸運を授かった実体験だった。婁（ロウ）が幼かった頃から、折に触れ、話し聞かせていた。強制するつもりなど微塵もありはしなかったのに、婁（ロウ）は「宿の話」をしっかり覚えており、尚且（なおかつ）、父親の身の上を再現するかのように名前まで変えてしまうとは、驚きと嬉しさで感無量だった。

「うん、豊（トヨ）様は柳（リュウ）様。いいだろ？」

「リュウ……か。よう考えたな」

　危（キ）が感慨深げに何度も頷いた。豊（トヨ）もさぞかし嬉しかろうと心が和む。

「それで？」

　婁（ロウ）に促され我に返った。

　そうなのだ、宿の話をするためにわざわざ出向いたのではない。表情を引き締め、婁（ロウ）を見据える。

「おのこらが、おなごを捜し始めた。早晩この邑が見つかってはわしも心苦しいでな。村のおのこには、大きい墓を造る仕事を与えて都へ行かせた。この造営で、おおよそ六十日は留守になる。婁（ロウ）はこの間に、おなごたちを逃がしてやるがよい」

「なんで？」

女たちが男に敵うはずがないという思い込みが先立ち、襲撃されて再び男の所有物にならないように、まだ見ぬ地へ逃れてほしいと進言したのだが、婁（ロウ）の返事は「諾」ではなかった。

「何故って……それはいずれ、おのこらは必ず襲撃してくるであろう。その時みすみす渡してよいのか？」

「渡さないよ」

「ならば、難波（なにわ）へ逃がせばよい。都にツテがある。聞いてみてもよいぞ」

危（キ）に難波の知り合いはいない。だが、梯（テイ）ならば巷（ちまた）に通じている。梯（テイ）に頼ってもいいと思っていた。

「とうさ、みんなここで生きる。だから逃げない。襲撃してきたら応戦するまでだよ」

婁（ロウ）は父の懸念を一蹴するかのように、頑なに拒否を繰り返した。

「何を言っているのだ。おのこに勝てるわけないであろう」

言う事を聞かない娘に苛立ちを覚え、つい本音が出てしまった。すると、婁（ロウ）の表情が途端に険しくなった。

「なぜわかるのだ？　とうさは、おのことおなごが戦ったところを見たことがあるのか？」

ない――男と戦っても無駄だという先入観があるからだろう、女が男に向かっていく姿は見たことはないし、想像すらできない。婁の詰問に答えることができず、危はただ婁を見つめるしかなかった。

「おなごだって戦える。おのこと同じように生きていいんだって言ったのはとうさだろ？ほら見てよ、みんな楽しそうでしょ。やっと生きているって実感できたんだ。何が襲ってきたって迎え撃つよ。だから柵を作ったんだ。これもね、みんなで作った。これからみんなで邑を作るんだ」

婁の言い分は正論なのだろう。しかし、正論でしかない。力の差は歴然としている。

「だが、力は敵わぬ」

苦し紛れに吐く父の言葉に、婁は重々しく頷いた。

「そうだ、力は敵わない。……つまり、敵わないのは力だけだろ？一人では敵わなくても、集団で力を合わせればわからないし、頭脳は五分五分だ。いや、おなごの方が優っているかもしれない。なにしろ、この邑には柳様や星様という知力優れた人がいるからさ。それに、いざって時には、とうさも助けてくれる。だから逃げないよ」

「……だが、万一の時は……」

「その時は、みんなを逃がして婁一人で戦うさ。怪羽矢が待っててくれるからね。でも、最後まで諦めない」

既に妻（ロウ）はこの世に未練がない。未練はなくても、同性が苦しんでいる姿を見過ごすことができなかった。あるいは、女は男に屈せずとも、生きられると証明したかっただけなのかもしれない。何よりも大事なことは、女たちに自信を持ってほしいのだ。暫くお互い無言で相対していたが、妻（ロウ）の強い眼差しが怯むことはなかった。

娘の頑なな覚悟を見せつけられた危（キ）は、これ以上説得しても無駄だと観念した。

「そうか……ならば……とうさはできるだけおのこらを、遠ざけるとするか……」

あとは、父親としてどこまで間接的に力を貸せるかだ。

「とうさの言うこと、聞かなくてごめん」

「いや、わしが浅はかであった。気にせずともよい。妻（ロウ）よ、強くなったな」

「おのこに頼らなくても生きていける自信が欲しかったから。でもないか、結局とうさに頼ってるもんね」

「はは、とうさを立ててくれるのは有り難いが、今回ばかりはとうさも役立たずだな。だが、妻（ロウ）はとうさの大事な娘だ。少しばかり、世話を焼かせてもらうぞ」

そう言い残していった父の言葉通り、二年にわたり、墳墓造営の作業は引き延ばされた。一つの墳墓が出来上がれば、次の墳墓へと、また次の墳墓へと、敢えてきりがないようにしたのだ。里心がつき、村に帰りたいと言い出す頃を見計らい、村では到底ありつけないような食べ物も与え、女を与え、とにかくひたすらに飛鳥の都へ留まるようにしたところ、これが思わぬ好転を齎（もたら）した。

元々、村は閉ざされた狭い小さな社会であり、それが世界だと思い込んでいた男たちに変化が起きたのだ。頑なに村へ帰りたいと言い張る男は未だ数人はいるものの、都に集う人々に刺激され、このまま都に留まりたいと思い始める者が後を絶たなくなっていた。都には食べ物が豊富にあり、生気に満ちた人々ばかりの中で暮らせば、魅了されるのは当然の成り行きかもしれない。

墳墓造営作業は小金が貯まるのだ。かつてない金を持ち、気が大きくなってしまうのは仕方がないだろう。長引かせる餌として梯（ティ）が与えた女は、皆渡来人ばかりで、肌の色は抜けるように白く、労働をしていない身体は柔らかく、けれど性格はきつい。それが村の男たちにはよかったようだ。男を上手におだてながら、取る物は取る女たち。つまり、世間知らずな男たちが、世慣れた女たちに弄ばれたわけだ。それでも、当人が満足していれば、何も問題ない。あれほど、妻や子どもに乱暴していた男らは、計算高い女に手も足も出ず、ただただ骨抜きにされてしまった。

この人足たちの中に、全く心変わりをしない男がいた。名は甲呂魏（コオロギ）。二年経った今でも、甲（コオ）

呂魏（ロギ）は村へ帰りたいと願う男だった。際限なく続く墳墓の作業で甲呂魏（コオロギ）にも小金が貯まっていた。旨い物を食べず、女を買わず、作業のない時は与えられた小屋で寡黙に過ごすだけだった。
甲呂魏（コオロギ）は、おなごの邑へ逃げた帆々（ホホ）の兄である。子沢山の両親の長男として生まれ、幼い頃は父親の暴力を受け続け、次第に弟や妹を殴る大人と同じで、暴力が悪いと思ったこともなかった。年長者を敬うのは当然の事。女が男を敬うのも当然。意に沿わない女には教えなければならない。殴って教える、そういうものだと思っていた。

しかし、墳墓作業を始めるようになってから、その当たり前だと思っていた概念が覆されるようになっている。まず、初めての墳墓造営に駆り出された時、取り仕切っていたのが甲呂魏（コオロギ）の年齢と大して変わらない男で、墳墓主はその男の母親だというのだから女の墓ということになる。女のために多くの労働者を雇うことにもびっくり仰天だが、年長者を敬うしきたりに従ってきた甲呂魏（コオロギ）には、立派な身なりの大人が、甲呂魏（コオロギ）と大して違わない若造にへいこらしている姿が信じられなかった。

若造の名は藤原不比等（ふじわらのふひと）というらしい。甲呂魏（コオロギ）が作業をしているそばで年長者に指示を出すその言葉が耳に届く時もあった。無学の甲呂魏（コオロギ）はその意味を解することもできず、村で変人扱いされている危（キ）を思い起こさせた。この都には危（キ）のような男ばかりが蔓延（はびこ）っており、字が読めて、才のある者が認められる世界なのだと知ったのだ。危（キ）も、その中の一人なのであろうと。

不比等には美しい妻がいるという話を聞いた時、不意に阿磨(アマ)を思い出してしまった。妹の帆々(ホホ)といつも一緒で、村で年頃の女といえば阿磨(アマ)しかおらず、墳墓作業さえなければ、妻にしていたはずの女だ。その阿磨(アマ)と帆々(ホホ)が村から消えてから、二年も姿を見ていない。今頃は村へ戻っているだろうか。確かに都の女は、洗練されていて魅力的だ。でも、阿磨(アマ)の方があどけなく親しみやすい。村へ、阿磨(アマ)の元へ、一刻も早く帰りたいと思う。阿磨(アマ)が心の拠り所となることで、誰よりも必死に土を運んでいた。

危(キ)の奇策である墳墓造営作業は、ある男は都の女のため、ある男は都で職を得て暮らすため、それぞれが、それぞれの目的を持つようになっていた。

間もなく三年目を終えるある日、やってもやっても一向に終わりがこない状況に業を煮やした甲呂魏(コオロギ)は、梯(テイ)に抗議するという荒業に出た。

「この作業はいつまで続く？　もう三年村へ戻ってねえ！　わいはもう嫌じゃ!!　村へ戻るっっ!!」

腹に据えかねていた甲呂魏(コオロギ)は、このまま村へ戻るつもりで荷物を背負って梯(テイ)の屋敷まで赴いた。

「そんなに怒っていては身体に障りますぞ。まずは荷物を下ろして水をお飲みなさい。少し落ち着きましょう」

梯（ティ）は「水を」と、厨で働く奴婢に声を掛けた。

甲呂魏（コオロギ）は客人ではないから、奴婢専用の厨で応対している。

「いらん！　今日までの日当を貰いにきただけじゃ！」

差し出された柄杓を払いのけ、甲呂魏（コオロギ）は怒声を発した。水が飛び散り、柄杓も投げ飛ばされた。すかさず奴婢が拾い、再び水を汲み梯（ティ）に差し出す。

「まあ、まあ、そうカッカせずに。さあ、どうぞ」

普段から滅多に話さない男が、苛立つあまりに大声を出すと喉が渇く。勢いで断ったものの、結局喉の渇きに抗えずゴクゴク喉を鳴らして飲んでいた。

甲呂魏（コオロギ）が落ち着いた頃を見計らい、梯（ティ）が忠告した。

「あなたが去れば、長い年月を経て、危（キ）殿が培ってきた王家の信用を裏切る行為になってしまうのですよ、お分かりかな？」

小難しい言葉を並べる梯（ティ）に、再びカッとなった甲呂魏（コオロギ）は声を荒らげる。

「わいが何も知らんと思うて、小馬鹿にしやがって！　わいの暮らす場所はここじゃない！　もうしまいじゃ!!」

梯（ティ）の言葉の意味の半分も理解できない甲呂魏（コオロギ）は、憤ることしかできない。だから梯（ティ）は、家畜に対するようにドウドウと抑える仕草をするが、甲呂魏（コオロギ）に睨まれ首を竦めながら苦笑した。

「なにがおかしい！」

「おやおや、笑っておりましたか？　それは失礼しました。いえ、なに、他の方々は、このお仕事を続けたいようでしたのでね……」

梯（ティ）が苦笑するのも無理はない。村で暮らしていた時よりも待遇はいいし、実入りはいいし、という状況なのだ。このまま続けたいと願う方が真っ当だろう。なのに、頑なに村へ帰りたいと怒る男がいる。こんな山の民もいるのかと可笑しくなった。

「わいは、いやなんじゃ！」

危（キ）からは、できるだけ長く都に留まれるよう仕事を与えてほしいと頼まれている。幸い常に人手不足だから、梯（ティ）としても王家に恩を売る絶好の機会でもある。だが三年は、確かに長い。一人くらいいなくなっても問題はないが、甲呂魏（コオロギ）のような山民の言葉をそのまま聞いてやるつもりは毛頭ない。

わざとらしく、梯（ティ）は大きな溜息を一つ吐き、甲呂魏（コオロギ）を見やり頷く。

「そうですか、では今度の仕事が最後というお約束をして頂けましたら、あなた様の希望を受けましょう」

やっと村へ戻れる――甲呂魏（コオロギ）はホッとした。

「ああ、そうしてくれ」

すかさず梯が最後の仕事の内容を伝えた。

「この墳墓はかなり大きいものになりまする。なにせ、この日ノ本の天皇の墓でございますから」

「どういうことだ⁈」

「てんのう」と言われても、甲呂魏はその名前も知らないし、姿形も知らない。ただ、今まで造ってきた墳墓は貴族のもので、それでも一つの墳墓を造り上げるのに二百日は優にかかっていたのだ。つまり、それよりも大きい墳墓になるということだろう。途端に目の前が真っ暗になった。「騙しやがって！」と梯を睨んだが、全く動じずに口元を歪め、嘲笑っているようだった。

「今までの数倍大きい墓になりますので、人手は猫の手も借りたいほど欲しております。この仕事だけはお願いしますよ」

そう言うなり、梯は寸分の金も渡さず、甲呂魏を一瞥し奥へ行ってしまった。

「ちくしょー！」と心の中で怒声を吐きつつも、報酬を貰えなければどうしようもない。頭の回転が速い者には、言い負かされる。それはこの数年で痛感していた。だが、この墓造りが終われば、村へ戻れることは確かなのだ。阿磨は既に戻っているだろうと意味もなく確信し、もう少し待っていてくれと勝手に懇願し、必ず阿磨を妻にしてみせると甲呂魏は心に誓い、ヨロヨロと塒(ねぐら)へ戻っていった。

綻(ほころ)びの始まり

「房(ボウ)」と名が変わった山辺皇女の腹は、冬を越えて草木が芽吹く頃には日ごと膨らむようになっていた。「おなごの邑」へ来るまで暮らしていた都の冬は底冷えが凄まじく、片時も炭は欠かせなかった。誰かの温もりが欲しくても、夫は留守ばかり。広々とした家屋に大概一人で過ごす日が多く、寒さが身に応えたものだ。

この邑はその都から、より一層寒々しい森深い場所である。確かに家屋を一歩出れば雪景色と寒風に煽られ、身が縮むくらいの寒さである。けれど、家の中は暖かい。一つの間に集う人が多いというのも理由の一つだが、囲炉裏がことさら暖かい。床に敷かれた獣の皮も非常に暖かい。絹しか知らない房(ボウ)は、邑で暮らすようになって獣の皮を知った。また、片時も離れない子どもたちの温もりもあるだろう。常に動き回っている子どもは体温が高い。そばにいるだけで、その空間の気温が上がるようでもある。子どもだけではなく、人の温もりの有り難さを実感したのは、この山奥のおなごの邑でだった。

　共に食べる楽しさもそうだ。皆と笑いながら、山の湧き水で拵えた料理の旨さは格別である。秋に収穫された野菜は、土を被せて寝かせ、乾燥させ、日持ちする工夫をしている。飢えるどころではない。常に食卓は潤っているのだった。お腹に子がいるせいか、都で暮らしていた頃の比にならないくらいの食欲もある。つまり房は、この暮らしが気に入っている。

　房のように誰もかもが幸せならいいのだが、そうでない者がいるのが世の理である。最初は無我夢中だったのだろう。けれど、暮らしが安定してくると、今の恩恵を厭う人も現れる。

　角は、夫が物足りなかった。あの村の女として、唯一暴力を受けない女が角だった。泣き濡れる女を観察し、暴力を受けないよう先回りする能力を持っており、媚びてさえいれば、殴られずに暮らせる術を学んだ。だからあのまま村で暮らしていても構わなかった。

　それなら何故、おなごの邑へ来たのか。夫の他に、隣村の男数人と関係があったことがバレた。ただそれだけの理由でやって来た。男に媚びることが上手い角だが、女には一切媚びない。しかし、婁には正直に話せなかった。嘘を話し、けれどその嘘を婁は承知の上で角を受け入れた。

　むしろ婁は、角の社交性を買っていた。様々な性格の人がいて、それぞれ補い合っていく暮らしが人格を形成するはずだと、危が言っていたからだ。角の性分が、周囲にいい影響を与えるかもしれないと考え、多少のゴタゴタは覚悟の上であった。

　角は、觜が妬ましい。その理由は、觜の役目の行商をやりたかったからである。觜は男たちから散々いたぶられ、心身共に疲れ果てて婁を頼った。二人は容姿に長けているという共通の要因で、夫以外の男と関係を持ってしまった。そういう意味では同じでも、思いには雲泥の差があった。

　行商というのは、邑で調達できない物を購うため、邑で作り上げた装飾品や織物を都で売る役目である。社交性が求められる役目だろう。寡黙な性格では都人に足元を見られてしまう。おとなしい性格の觜にできるわけがないと角は考えていた。だから事あるごとに、觜に嫌みを吐き、行商の成果にまで口を出した。

「わたいなら、もっと高値で売れた」

「わたいなら、もっと負けさせた」

　そう毎回毒づくのだ。対する觜の反応は無視である。

　これらの事情を房は知らないものの、角の嫉妬には気付いていた。觜を痛ましく思うものの、角も痛ましいと思っていた。角は何故、觜に嫉妬するのか。もしも解決できる事情ならば、何かしらの力になってあげたいと思った。当然、婁は二人の事情を知っているだろう。常に多忙で、腰を落ち着ける暇もない主に聞くのは憚られるが、柳だったら答えてくれるかもしれない。

婁や柳専用の間はない。皆が目的別に間を使う。婁、柳、星、房が頻繁に利用する書庫兼学びの間が屋敷の左手奥にあり、幸い柳だけが座して書物を読んでいるようだった。房は柳の正面に静々と歩み寄り、端座すると、口を開いた。

「柳様、差し出がましいとは存じますが、少々気になることをお尋ねしてもよろしいでしょうか？」

書物から視線を上げた柳が、僅かに微笑む。

「はて、何事でしょう？」

先を促されたようで、房はホッと胸を撫で下ろした。

「はい、あの、実は、角様のご様子です。何やら、常にいたたまれないご様子だとお見受けしたのです。觜様に対する時は特に……」

房は非難がましくならないよう言葉を選んだつもりだったが、瞬時にあらましを悟った柳が吹き出した。

「ああ、ほほほ。角は分かりやすい故、ここでの暮らしがまだ浅い房殿にも見抜かれましたか。あれは気性が激しいのですよ。気になさらずともよいのです」

同じ村で暮らしていた柳だ。角の性格は十分承知らしい。

「角が行商を望んでいることは、わたくしとて承知しております。觜が妬ましい故、あのような振る舞いをするのでしょうが、角は行商には向きませせぬ。放っておくほかないでしょう」

柴への攻撃要因が役目に対する嫉妬だと、房は初めて知ることになった。

「あの……それは、角様が行商を望んでいるということでございますか？」

「ええ。華やかで物怖じしない角は、いかにも行商に向いているように見えるやもしれませぬ。ですが、信用はされないでしょうね。その点、柴は口数が少ない。ましてあの容姿故、品の価値が上がります。行商には柴の方が向いておるのです」

柳は角ではなく、柴に行商の役割を与えた婁の意図までも十分に承知している。確かに柳の言う通りかもしれない。良い品であれば、説明は必要最低限である方が価値が上がるように思う。逆にペラペラ捲し立てられると、品物の価値がぼやけてしまう。

柳と婁の見立ては間違っていないと房も思うが、このままにしておくのもどうかと思った。

「柳様の仰せの通りかもしれません。でも、それでは、角様の御心は曇ったままになるのでは……」

柳が、ほんの束の間、目を見張った。目前に端座している皇族出身の姫様を、侮っていたと気付かされた。都人、それも身位が高貴である人とは、己の立場にふんぞり返っているだけで人への配慮などまるでないのだろうという思い込みが、柳の目を曇らせていたらしい。柳には到底叶うことのない、貴族という身分への憧憬が、知らず知らずのうちに嫉妬心を育んでいたのかもしれない。けれど目の前のお姫様は、少なくとも礼儀は弁えている。身分は申し分ないのに、ひけらかすこともしない。それに、どこだったかいつだったか憶えがないが、どこかで房を知っている己がいる。知っているその姿は、決してうぬぼれてはいない。

柳は改めて居ずまいを正し、房の懸念に対応しようと口を開く。

「房殿、わたくしはね、恐らく婁も同じ思いですが、角に辛抱を覚えてほしかったのですよ」

「辛抱……でございますか……。あの……先日、参様より伺いました話によりますと、皆辛抱ばかりのお暮らし、ということでございましたが……」

柳は苦笑した。

「あれは違うのですよ……。幼い頃より奔放なおなごでございました。あの村では希少な存在なのです。面差しが美しい故、拍車がかかったのやもしれませぬが。おのこは美しい面に弱いことも、角は承知しておるのでしょう。あの娘はバカではない。それ故、わたくしの意図もきっと分かるでしょう。いえ、分かる時が来ると信じたい……」

そうであってほしいという願いが込められていた。ずっと争いのある中で暮らしてきた女たち。やっと、穏やかな暮らしが与えられた恩恵を、忘れるべきではない。ここでは男への媚びは通用しない。甘えることもできない。わがままも同様だ。思いやる心が、何よりも大事だと柳は言いたかったのかもしれない。

男の存在は、時に人間関係を円滑にする役割を担っているのだろう。同性だけでは滞ってしまうことも、異性の存在に助けられる場合もある。けれど、おなごの邑は、文字通り女だけしかいない。説得や力で事態を収める男はいない。誘惑で助けてくれる男はいないのだ。男を頼りたい女には、この環境は苦痛にしかならないだろう。本音の角（カク）は、まだ男を求めているのだろうか。

大津皇子の妻であった頃の房（ボウ）は、それ以前も女ばかりが周囲に侍る暮らしを余儀なくされていたから、同性同士の付き合いというものが、異性とは異なることを身をもって知っている。媚び諂いが苦手な性分ということもあり、同性との時間の方が心穏やかだった。むしろ、夫にしろ、近習にしろ、父親にしろ、異性との関係の方が骨が折れた。世の中には様々な人がいる。角（カク）は女と過ごすよりも、男と過ごす方が生きやすいのかもしれない。実際、角（カク）の人生には常に男がいたのだから。その環境からいきなり離れてしまえば、戸惑ってしまうのも仕方がないとも思う。しかし、本来の角（カク）はそうではないと、房（ボウ）の内なる心が必死に訴えている。

おなごの邑を知った重要な要素、それがまさに角（カク）だったからだ。

難波の行商人が「珍しい出で立ちの女」を見つけた、髪と耳と腕に付けた装飾品、それらを実際に見た驚きは、今でも鮮明に憶えている。鳥の羽と木の実を組み合わせた鮮やかな髪飾り。柘榴石、緑岩石、茶岩石、瑪瑙、木の実を綴った華やかな腕輪、蔦を加工し輪にした色とりどりの石の配置が絶妙の耳飾りなど、ずっと眺めていたい魅惑的な装飾品全て、角が独自に生み出したらしいのだ。

飛鳥の都では、高価な品物に価値があるとされ、素材から一級品を選ぶ傾向にある。安価な素材は選ばないし、力を注ぐ職人もいないだろう。だから難波の行商人に注目された。角には間違いなく才能がある。その才能を引き出した婁は、先見の明もあるようだ。

それぞれの役割を決めたのが婁と柳と星。誰一人として的を外してはいない。房を生死の境から救った心にしても、美味しい食事を提供する室にしても、家計を担っている奎にしても、日々深く関わっていくに従い納得させられる。角は行商の仕事よりも、装飾品を生み出す仕事を続けていくべきなのだ。現状のまま角の才能を伸ばし、本当の自立を促していく。本人が自覚すれば、もう無駄な嫉妬も無用になるのではないか。

房は柳に暇を告げ、そのまま作業場へ赴いた。

作業場は炊事場の隣にある。水や湯が必要になる作業は、炊事場の近くが都合がいい。装飾品を作るだけではなく、衣・生活備品なども同じ間で作る。衣は、機織り機を活用する壁が、常に動かしている。生活備品の小物類に限るが、それは婁や参が暇を見つけ少しずつ作っている。子どもたちが参加することも珍しくない。その隅で、角がいくつものカゴを周囲に置き、カゴがまるで結界であるかのように寡黙に作業をしていた。

房（ボウ）はそっと近づき、カゴの中の小石を一つ手に取る。

「鮮やかな色……」

房（ボウ）の声を聞いた角（カク）は、僅かに視線を寄越したものの、作業の手を止めることはしなかった。

小石を手の平に乗せ感触を楽しんでいたが、その間も角（カク）は無反応を決め込んでいる。壁（ヘキ）の機織りの音ばかりが互いの耳に聞こえていた。

ふと房（ボウ）が、角（カク）の手元に視線を送る。小石をカゴに戻しつつ、

「それは……鳥の羽でしょうか？」

と尋ねる。桃色の羽を持つ鳥がいただろうか。そんな疑問を覚え、思わず声を掛けていた。

けれど、やはり反応がない。

「…………」

少し待ってみたが、答える気はないらしい。鬱陶しいのだろう。どんな話題でもいい、ともかく会話さえすれば、房（ボウ）の本意に話題を持っていける。時には苦手な図々しさも必要だ。

「何故、このような綺麗な色合いに？」

記憶を辿ってみても、桃色の鳥は見たこともない。それとも、山奥にはいるのだろうか。

「……染めた」

ぶっきらぼうでも、返事を貰えた。まずは、一歩前進したようだ。角（カク）の手は、羽の根元に幾重もの縄を取り付けようとしている。

「角（カク）様が染めたのですか？」

「ああ……」

たった一言の返事でも、確実に会話になったことが素直に嬉しい。再び無言の時間を作らせない他の話題を探す。角（カク）の周囲には、いくつものカゴがある。そっと覗いてみると、一つのカゴに大量の花びらが入っていた。花びら一枚を取ってみるものの、生花より感触が固く違和感を覚えた。

「これは生花ではないように見受けられますが……花びらで……」

ではないのですか？　と最後まで言わせず、角（カク）が苛立たしげに遮った。

「木の皮さ！　花びらの形に切って染めたんだよ！　さっきから一体何なんだい?!」

「申し訳ございません。けれど、とても素敵なので……。あの、角（カク）様が考案なさったのでしょうか？」

苛立つ角（カク）には申し訳ないが、房（ボウ）の言葉は本心だ。他のカゴにも小さい石や装飾品など、一つ一つどれもが女の心をくすぐる。付けてみたいと思わせるような物ばかりだ。

「こうあん？」

考案の意味を山民の女が知るはずがないのに、つい言ってしまった。これで不機嫌が増してしまうと、非常に具合が悪い。

「角様が生み出したのですか？」

鼓動がバクバク状態でも、態度だけは変えずに微笑んでみる。

「それがどうしたってのさ」

心の中でホッと息を吐く。どうやら房の心配は取り越し苦労だったらしい。

「味わい深く、素敵な飾り物です。自然で、でも華やかで、おなごをより綺麗にする飾り物でございます」

「こんなものが？」

角が口角を上げ、小馬鹿にしたように鼻で笑った。蓮っ葉な態度が房には淋しく、再び小石を取り、労るように撫でた。

「こんなもの……。角様はお気に召されないのでしょうか……」

突然目の前に現れ作業の邪魔をして、妙に諂う房に辟易した角が、ついに怒気と苛立ちを顕わに怒鳴った。

「気に入るとか、気に入らないとかじゃない！　作らなきゃいけないから、作ってるんだ！」

途端に機織りの音が止まった。作業場にいた者の動作が、ほんの束の間全て止まる。壁が房と角それぞれに視線を送るも、何も見なかったかのように、無言のまま再び機織り機を動かし始めた。房はというと、両手を胸に当てたまま硬直していたのだ。過去、雀に窘められたことは何度もあるし、父母にも叱られたこともあるが、怒声を放たれた記憶はない。真っ向から責められた初めての経験に、どうすることもできなかったのだ。

永遠に、膠着状態が続きそうな状況を見兼ねた角が、しぶしぶ口を開いた。

「……都には、もっと高価で輝きのある絹や石があるだろ？」

「……よく……ご存じなのですね」

多少怯えた様子が残っているものの、必死に笑みを作ってみせる房に、角は意外なほどホッとする。

「そりゃ、知ってるよ。男たちが持ってたから。くれるって言われたけど、貰うわけにはいかなかった」

「本当は喉から手が出るほど欲しかったさ。夫に見つかっちまったら、殴られるもんね」

と小声で付け足し、囁いた。

怒鳴ったことを後悔しているかのように角は饒舌になっていた。

「……都は、高価な飾り物には不足はございません。けれど、角様が作られた味わい深い飾り物も、ございません」

「もの珍しいだけさ」

　褒められることに慣れていない角が、ぞんざいに言い放つ。しかし、表情の硬さはなくなっている。

「……いえ、わたくしがこの邑を知るきっかけになりましたのも、角様の作られた装飾品のおかげなのです。出入りの行商人が、竹ノ内街道でこの飾り物を付けたおなご様に目が留まり、後を付けたそうです。まるで森の精のようであったと。わたくしも同じ感想を持ちました。角様には素晴らしい才がおありなのです」

「お愛想はいらないよ」

　仏頂面を繕っている角の声は、しかし上ずっている。苛立つわけでもなく鬱陶しさも消えていた。

「この飾り物は、売れ残りなしでございましょう?」

「まあ、本当のところは知らないけど、どうせ値切ってくるのさ」

　口調とは裏腹で、素直に応じている。

「あまたある品物を見て参りました私が、角様の飾り物に心が奪われるのでございますから、まことでございましょう」

　角の瞳が泳いでいる。頬も紅潮している。

角（カク）へ自覚を促すため、さらに言い募る。

「その才、大事にお育てくださいませ。どなたにでも、与えられるものではございません」

暫くパッタン、パッタンという、機織りの音だけが響き渡る。

「でも……わたいは都へ行きたい」

唐突に角（カク）が呟いた。心の奥底に抑え込んでいた衝動を、吐き出すように。

穏やかに房（ボウ）は問う。

「都……？　何故でしょう？」

「ここはつまらない」

つまらなさの象徴が家であるかのように、天井へ視線をやる。房（ボウ）は角（カク）の奔放さをほんの少しだけ垣間見たような気がした。

多くの女が「おなごの邑」が「楽園」だと確信しているのに対し、角（カク）は「つまらない」ところだと言い放つ。

「都は楽しいのでしょうか……」

「ここよりは？」

「……わたくしが都で暮らしていたことは、ご承知でしょうか？」

「お姫様だっけ？」

角（カク）の眼差しに意地の悪さと羨望が顕（あらわ）れている。都で暮らすだけでも羨ましいうえに、庶民ではなく、身位も高く、何不自由なく恵まれた暮らしをする同性を羨まない方がおかしいだろう。その恵まれた暮らしを捨て、山奥に引っ込む女の気が知れないと、角（カク）は思う。

「都には、あまたの人々が暮らしています。わたくしは、潤沢な暮らしに恵まれていたのでしょうね。けれど、幸せなら……こちらへ寄せて頂いておりません」

贅沢な暮らしが最良ではない――それは贅沢しか知らない人の言葉だと角（カク）は言いたかった。しかし、何故かその言葉は、房（ボウ）を傷つけるような気がして、結局、邑へ来た理由を話すのだった。

「……この邑に来たかったわけじゃない。好きなおのこがいてね、そいつとの仲がバレちまってさ、うちのやつに殺されそうになっちまった。死にたくはなかったからね。他に行くところがなかっただけさ。けど、ここはつまらない。わたいには、おのこが必要なんだ。都はさ、よりどりみどりだろ？　こんな山の中にいたら、気が変になっちまう」

天性の才能があるのに、才能を育む以上に求めているものは、暮らしの華やぎ。都は、刺激を求める者には最良地だろう。であると同時に、魑魅魍魎（ちみもうりょう）が蠢く世界でもある。まだ見ぬ憧れの地という羨望が、一層拍車をかけている。つまり、都に魅了されている角（カク）に選択肢は一つしかないのだ。この邑に嫌気がさしてもいる。才能を開花するもしないも、本人の気力がなければどうしようもなく、どうやら、説得は無駄に終わった。

「角様のお気持ちは……よく分かりました。さりげなく、婁様にお願いしてみます」

その言葉を待っていたかのように、途端に角の口角が上がり、

「そうかい、頼むよ」

と、満面に笑みを浮かべるのだった。

角との話を終えた直後、房は早速、婁を探してみたものの家屋にはおらず、畑にもいない。さて、どこだろうと周囲に視線を巡らす。厠は家屋の離れにある。そこに鼻と口を布で覆った婁が、肥溜めから糞尿を掬っていた。それを畑へ運び、土に埋める作業を繰り返している。婁は、いつでも誰もが後回しにしたい作業を率先して行う。房の知る限り、貴族邸の主が手を汚すことはなかった。この邑で婁と出会い、主の働く姿に周囲の士気が上がるということを初めて知った。ありがたくて、申し訳なくて、ごく自然に、婁に対し手を合わせていた。

作業が終わり、湧き水を溜めた甕から手と顔を洗っていた婁の元に歩み寄り、布を差し出すと、首に巻いていた布を解こうとしていた婁がそれに気付き、「ああ、有り難い」と笑顔になり、軽く頭を下げながら房の手から受け取る。汚れた布より、洗い張りのある布の方がいいに決まっている。ましてや、汚れ作業の後ではなおさらだろう。婁が思わず声を上げた。

「おお、気持ちが良い」

「わたくしには、これくらいしかできません。婁様、いつもご精が出ますね」

房の激励にただ微笑みだけで返す婁は、

「何かありましたか？」

と、逆に問うのだった。

そこで房は、水場から腰を下ろせる木陰へ婁を誘い、角の思いを婁へ話すことにした。

経緯を聞いた婁は何も答えず、房へ怪訝そうな視線を向ける。

「角様はご自分の才に気付いておられぬようなのです。自ら動かれれば、自ずと気付くのではないでしょうか。いかがでございましょう、その機会をお与えなされてみては？」

暫く沈思していた婁が口を開く。

「房殿にお聞きするが、角には生み出す才があるのですか？」

「ええ、そのように思われます。色の組み合わせも細工も見事でございます。角様は、とても手先が器用な方なのですね」

婁には、全く意表を突くことだった。角は雑用が不向きだから日常と離れた役目を任せるのが妥当だと考えただけだった。それが、どうだ。角の作った装飾品は、商人に一目置かれる珍しい物になるらしい。才能もあるという。その才能を活かさず、行商に出たいとも口にしているらしい。

「都に行かせてもよいが……角には少々危ういところがあるので、邑の存在を明かされるかもしれぬ、という杞憂があるのですが……」

「それは……ないとは申せません。ですが、遅かれ早かれ、角様はここを出ていかれるように思われます。飛び出してしまいましたら、なんの懸念もおありにならない角様は、それこそ容易く明かしてしまわれるでしょう。ならば、役目と称し、都へ行く機会を設けられた方がいくらかはご安心かと存じます。あわよくば、心変わりをなされ、飾り物に打ち込む気持ちになるかもしれません」

危うい時こそ自由にさせる――勝算はなさそうだが、敵に回すより安心が付いてくる。

「それほど思い詰めていたのか……」

「角様に限らず、人の欲望には際限がございません。欲望に塗れた方々を存じておりますので、間違いないように思われます。ですが、角様を信じてみたいのです。ご自分の才に必ず気付かれ、次々に新しい飾り物を生み出したいと願う日が来ることを……」

欲に塗れた都で生き抜いてきた房の言い分には、それなりの説得力があるし、また房に頼まれれば、何故か断りにくい思いが胸を締め付ける。

「……承知しました。房殿の言葉を信じましょう。角へ伝えて頂けますか？」

「ええ、喜んで」

作業部屋に戻ると、途端に角が腰を浮かせた。朗報は角の表情を瞬時に変えた。

「本当かい？」

「はい、婁様にお許しを頂きました。角様、約束して頂きたいことがございます。それは、くれぐれもお守りください」

「邑のことはバラさない、だろ？」

そんなことは承知しているよと言わんばかりの得意げな口調だ。人の喜ぶ姿は、澱んでいた空気まで変えてしまうようだ。

「それもありますが、そればかりではないのです。角様には、新たな出で立ちでお願いしたいのです」

「胔が着ている衣は、やぼったくて好かなかったんだ。どんな衣だい？」

衣服を新調することに異存はないらしい。

「はい、角様が自ら考案された衣と、飾り物を付けていくのです」

途端に角の表情が陰る。

「わたい機織りできないけど……」

房(ボウ)は穏やかに頭を振り、

「既にあるものを工夫致しましょう。それに見合う飾り物を作るのです。売り物ではありませんが、人目を引かなければなりません。宜しければ、わたくしもお手伝い致します」

と、言い添えた。

「それが条件なんだね」

「はい」

一度陰った表情は瞬時に消え、角(カク)がしっかりと頷いた。

さて、角(カク)が考えた衣は、被り衣に紅色の糸で刺繍を施し、所々に深紅の羽を縫い付けた奇抜な装いで、飾り物は、茶色の縄を何重にも編み込んだ首輪、髪には茶色の羽、足元は獣の皮で足の甲を覆い、足裏は干し草で編み込んだ特殊な草履、腕と耳には、白石と黒石を交互につなげた腕輪と耳飾り。

「どうだい?」

房(ボウ)は角(カク)を眩しげに見つめた。長い髪の毛は頭上で纏めてあり、天上から舞い降りた精のようだった。

「とてもよくお似合いです」

「わたいも、そう思う」

房（ボウ）に褒められ、角（カク）はご満悦だ。

「売り物のお荷物は……」

「ああ、髪用、腕用、耳用」

網で括った背負子（しょいこ）には、三箱に分けた飾りの品が収められている。それを一つ一つ示した。

「では、明日の夜明け前にお立ちください。婁（ロウ）様が山を抜けるまで付き添うてくださいます」

こうして翌朝、角（カク）は婁（ロウ）に伴われ都へ赴いた。婁（ロウ）や柳（リュウ）の心配をよそに、角（カク）は売り上げを伸ばしていくのだが、角（カク）の自信が思わぬ方向へ転がり、窮地を招く事態になっていく。

頭をもたげた疑問

天武天皇墳墓造営作業は順調に進み、六十日が経過した。広大な敷地に膨大な量の土を運び、丘陵を造り上げ、その中心地の地中に石室が置かれる。甲呂魏（コオロギ）は誰よりも働いた。一日も早く村へ帰りたかったから、休憩を惜しむかのように働いている。

甲呂魏（コオロギ）の作業は、大きな板に土を載せて運ぶ集団作業だ。相当量を運搬するわけだから体力が肝になる。よって一定の休憩が設けられる。しかし、甲呂魏は寸刻も惜しく、作業再開後、運搬から始められるように大板へ土を載せ、時が余れば、積載しやすいように土を纏めた。そんな甲呂魏の様子を嘲笑う連中は多く、

「昼間から力使い過ぎちゃ、夜頑張れねえぞ」

「夜が待ちきれねえのか？」

などのからかいが飛び交うが、甲呂魏は手を止めず相手にしなかった。

指揮を執るのは、二年前最初の鏡王皇女墳墓造営を纏めていた藤原不比等だ。不比等は鸕野讃良皇女からの信頼が厚く、天武天皇と鸕野讃良皇女の一粒種である草壁皇子に仕えており、病弱な草壁皇子を補佐する役目を担っていた。

この日、現場に出向いていた不比等の視線の先に、一人黙々と作業をしている奴に目が留まった。この墳墓造営は集団で働く作業ばかりで、単体の作業はほぼ皆無である。誰もが汗を拭き拭き腰を下ろす休憩の最中、働く者がいれば目立つ。当然、不比等の目にも留まる。

「緒佐可、何故あの奴は休まぬ」

不比等の傍役である緒佐可に問うた。

「あれは、常のことでありまする」

「常にじゃと？　何故？」

「はて……」

緒佐可（オサカ）としては、だからどうしたという気持ちであった。山民の男だと梯（テイ）から聞いている。働いていないのなら鞭（むち）が必要になるが、働いていればそれでいいではないか。気にする方がどうかしている。すると不比等は急に立ち上がり、甲呂魏（コオロギ）の元へ歩み寄っていった。「また悪い癖が始まった」と軽く溜息を吐きつつ、緒佐可も渋々後から従う。

不比等が間近に迫っても甲呂魏（コオロギ）は動きを止めない。

「奴、何故休まぬ？」

甲呂魏（コオロギ）は不比等の問いかけに一旦手を止めたが、顔を上げもせず返事もせず、再び動きだした。不比等の後ろに控えていた緒佐可（オサカ）が、甲呂魏（コオロギ）の目の前に鉄製の棍棒を突き出した。

「お応えせぬか！」

緒佐可（オサカ）の短慮さを戒めるように不比等が遮り、棍棒を下ろさせた。

「働きてえ……」

甲呂魏（コオロギ）が蚊の鳴くような細い声で答えるが、不比等の耳には僅かな音しか届かない。

「ん？　よう聞こえんかった。なんと申した？」

誰よりも必死で働いている、放っておいてほしい、未だに村へ戻る日も見えず、苛々しているのに——甲呂魏（コオロギ）は思わず怒鳴り返していた。

「働きてーからだ！　悪いか！」

「無礼な！」

緒佐可が棍棒で打ち据える。背中を打たれた甲呂魏がその場に倒れた。途端、不比等が一喝する。

「緒佐可！　邪魔だ！　下がれ」

「ですが、不比等様、こ奴、襲うてくるやもしれませぬ」

背に棍棒を乗せたまま、緒佐可が甲呂魏を睨んでいた。

「緒佐可！」

下がれという命令だ。渋々緒佐可は棍棒を引き、不比等の後方へ退いた。

「すまなかった。起き上がってよいぞ」

甲呂魏が無言のまま起き上がり、土に塗れてしまった衣にも頓着せず作業を再開した。

「休まねば、倒れる。そのために休憩を入れておるのだ。分かるか？」

甲呂魏の頑なさを窘めるように、不比等の声色は静かだった。緒佐可のように高圧的ではない。仕方なく甲呂魏は手を止めた。

「……へい」

「何故それほど働くのだ？」

「……早く村に帰りてえから……です」

「ほう。おぬしの村はどこなのだ？」

「二上山の麓」

　二上山は都から随分離れている。都を日の出に出発しても太陽が真上になる頃ようやく辿り着くような辺鄙な場所。あるいは墳墓造営に駆り出される奴とは僻地から駆り出されるのかもしれない。緒佐可（オサカ）によると、奴たちは作業の継続を望んでいるらしく、今に至ると言った。懐が温かくなるばかりか、確実に食料が与えられるわけだから、気持ちは十分納得できる。だが甲呂魏（コオロギ）は村へ戻りたいと宣った。

「おぬしを待つおなごがおるのか？」

　甲呂魏（コオロギ）は成人の男だ。戻りたい理由は一つしか考えられない。

「いねえ……村のおなごは皆消えちまったもんよ、いるわけねえ」

　阿磨（アマ）への思いを不比等に言ったところで虚しくなるだけだ。秘めた胸の内を話すつもりは毛頭ない。しかし、それを聞いた不比等は、妙な引っかかりを感じた。

「消えた？　どういうことじゃ？」

　死んだとか、逃げたとかであればそれなりの理由が考えられる。だが、消えるというのは穏やかではない。

「……わからねえ、けど、もう二年経ってしまったから、今頃は戻っているかもしれねえが……」

理由は知らないと言う。戻っているかもしれないとも言った。山民がどうなろうと誰も興味を示さない。しかし不比等は、些末な件に引っかかりを感じる癖がある。これまでも何度かそういったことで功を奏し、鸕野讃良皇女から一目置かれるようになった。些細なことにも細心の注意を払い、抜け目なく処理することは、不比等の武器だ。ふと見れば、甲呂魏がまた手を動かし始めている。不比等は何事もなかったように、奴に声を掛ける。

「そうか……。だが、休む時には休んだ方がよい。身体を壊してしまえば、村に戻れぬぞ」

「……わいは平気だ」

そう言い返し、甲呂魏は作業を続けた。不比等は暫く甲呂魏を眺めていたが、思い立ったように踵を返し、後方へ声を掛ける。

「緒佐可、頼みがある。ついてこい」

「はっ、なんなりと」

「梯に話がある故、夕刻、我が屋敷へ来るよう伝えてくれ」

不比等が興味を覚える物事には、どうも緒佐可のような凡人には理解できないが、それもいつものことである。

「承知しました」

都の西側から奴を斡旋していたのが梯(ティ)である。梯(ティ)は貴族相手に渡来思想を教える教師だが、不比等より位は下になる。呼び出されれば、たとえ先約があろうとも最優先にしなければならない。辺りが薄暗くなる頃、不比等の屋敷を訪った。夕時だが酒を酌み交わす間柄でもない。殺風景な一室に案内され、着座すると間もなく用件を切り出された。

「梯(ティ)殿、急にすまなかった。思い立つと、先延ばしにできぬ性分故、許されよ」

「いえいえ、どうということもございませぬ」

不比等の詫びを、梯(ティ)が深々と礼で返すのも決まり事である。

「話というのは……前置きを省くが、二上山の麓の村に何かあるのか？」

一瞬何を言われたのか判然としなかった。不比等からの突然の呼び出しは、梯(ティ)に関することで不祥事が起こり、それについて問い質される叱責を覚悟で参上した。だが、予想に反するところか、全く想定外過ぎて、不比等と墳墓と二上山の関係性がつながらず、即座に反応できなかった。

「はて、そのような話は聞いておりませぬが……。できるだけ長く、仕事を与えてほしいと頼まれておるだけでございます」

梯は、危の他にも造営作業人を斡旋している。元々都で暮らす梯に、山民の者が突然梯の元へ訪れるようなことはない。他の斡旋は全て都で暮らす者が間に入る。そのうえで、二上山の麓を介しているのは危だけだ。

突然不比等の眼差しが鋭くなった。

「ほう……その理由は聞いておるか?」

「聞かずとも分かります。お金でござりましょう。あの村は、危殿のおかげで成り立っている村でございますから」

話の成り行きが己に責任のない問題と分かった梯は、スラスラと淀みなく答えた。

さらに不比等が突っ込む。

「どのような村なのだ?」

不比等の意図が一向に摑めないものの、聞かれたことを素直に答えるしかない。

「何の価値もないような村でございますよ。ですからわたくしは、都で暮らすよう、再三危殿に促しておるのですが、未だ首を縦に振りませぬ」

村に失踪云々などの異変はなさそうである。不比等は仕方なく、甲呂魏が呟いた言葉を口にする。

「おなごが消えたと申しておったが、聞いておるか?」

梯(ティ)はきょとんとした。目玉を胡乱(うろん)げに動かしつつ、考え込む仕草をし、ようやく頭を振った。

「いいえ、危殿(キ)はそのような事は申しておりませぬ」

あの奴は必死だった。呟いた言葉に嘘はないと思われる。村を束ねる危(キ)という男は、梯(ティ)に事情を伝えていないのかもしれない。

「……ふむ」

不比等は考え込んでしまった。

梯(ティ)は、不比等の意図がまだ分からない。不比等は思案顔のまま動かない。梯(ティ)が、おずおずと声を掛けた。

「あの……奴どもが不比等様にご無礼でも致しましたでしょう……か?」

表情を和らげながら、不比等が頭を振る。

「いや、そうではない。ただの興味本位だ。悪かった、もう下がってよい」

そう言うなり立ち上がった不比等を前に、いつまでも座っているわけにもいかず、

「はぁ、それでは……失礼致します」

と、一旦深々と礼をして立ち上がり、その場を辞した。

不比等は梯(ティ)を見送る時間を惜しむかのように己の部屋へ戻り、暫くの間思案に耽っていたが、突然声を上げた。

「緒佐可（オサカ）を呼べ！」

春真っ盛りの頃、森が日ごとに青々と茂っていくように房（ボウ）のお腹もぐんぐん迫り出すようになった。子どもたちは膨らんでいくお腹の様子が気になるようで、房（ボウ）の周りから離れないことも増えた。

「なにゆえおなかが大きくなるの？」

「赤子がおるのだ」

「おなかが壊れてしまわない？」

「おなごですか？　おのこですか？」

母親に乳をせがむ子犬のように纏わりつく。房（ボウ）は満ち足りていた。まだ子どもが生まれてもいないのに、既に母親になったような充足感を得ている。邑の子どもは総勢六人。男児が翼（ヨク）、張（チョウ）、虚（キョ）、亢（コウ）、女児が女（ジョ）と胃（イ）。

母親の苦しみを間近で見続けてきた子どもたちは、周囲の雰囲気を察知する能力に長けている。幼い頃に村を離れたおかげで、弱者に対する攻撃性はみられず、逆に争いを何よりも嫌う。例えば物の取り合いが始まりそうになると、どちらも相手に譲ろうとする。癇癪を起こしそうになると、年長の子どもが寄り添い落ち着かせる。

子どもの吸収力は凄まじい。中でも十歳の翼は、全て卒なくこなす能力を持ち、秀才ぶりが群を抜いていた。柳の教えをどんどん吸収し、書物を読めるようになると、まだ字を知らない虚と亢へ一字一字教えてやる。虚は六つで、亢は五つを迎えたばかりだ。翼より二つ年下の張の秀才ぶりもなかなかのものだ。翼と違うところは、張は書物を人一倍愛するところだろう。六つの女は、書物より大人の手伝いを好み、五つの胃は、衣や飾り物を作る手伝いを特に好んだ。子どもたちの母親は、邑の大人全員である。特定の女が世話をするのではなく、皆が我が子として接する。

真冬の寒風から解放された邑には、暖かい日差しに誘われた山菜が土を掻き分け覗き始める。苦味の混じった春の恵みを苦手とする子どもは多い。柳に「身体の毒を除く作用がある」と促されれば、目尻に涙を溜めながら頑張って飲み込む姿はこの季節の恒例だ。

さて、この日の教えは房の担当である。日差しの暖かさを存分に浴びたくなった房は、書物の教えをやめた。縁側に寝転がり、そこから見えるものを大声で言い合う。座っているよりも、寝転がっている方が楽であるし、早い話、房は日向ぼっこがしたくなったのだ。

直接見えるものでなくてもいい。子ども相手だからなんでもありだ。「楽しいこと」「好きなこと」でも構わない。その都度、房が話を膨らましていく。

女の好きなことは、

「採った木の実を、口に入れるの、好き‼」

口いっぱいに甘酸っぱさが広がる幸福感がたまらないらしい。すると我も我もと、口を揃えて子どもたちが同調する。それを受けて房(ボウ)が答える。

「生まれてからこの邑へ来るまで、採りたての木の実を頂いたことはありませんでした。その美味しさを知らずに大人になりました。都で頂く木の実と、邑で頂く木の実は、驚くほど味が違うのですね。わたくしも心の底から美味しいと思います。皆様は、小さい時から本来の味を知っているのです。それはとても尊い経験です」

ほとんどの子どもたちはあっけらかんとしているだけだ。翼(ヨク)と張(チョウ)だけは、なんとなく分かるようで、声を揃えて「はい」と答える。暫くこのやり取りが続くと、気付けば声を出しているのは、翼(ヨク)と張(チョウ)のみ。房(ボウ)は起き上がり、子どもたちを見回す。二人の生徒以外、みんな心地よく眠っているのだった。

房(ボウ)と翼(ヨク)と張(チョウ)の会話が子守歌になっていたらしい。

「房(ボウ)先生、いかが致しましょうか？……」

「あらあら、わたくしは先生失格ですね。これほど暖かく、のどかな日和では、微睡(まどろ)みは理でございますのに」

いくつもの無邪気な寝顔が可愛らしく微笑ましい。子どもの寝顔は大人の癒しでもある。

「起こしましょうか？」

翼が問いかけるが、房は頭を振った。

「気持ち良さそうに眠っておりますもの。このままいい夢を見てもらいましょう」

すると、張が次の間に駆けていき、麻布を抱えて戻り、それぞれに掛けていく。常日頃から、寝る時は腹を冷やさないように教えられている賜だろうが、周囲への気配りができる子どもの姿に房は素直に感動を覚える。

「まだ続けますか？」

「翼様と張様は、続けたいとお思いですか？」

「……そうでもありませぬ」

子どもは正直であるべきなのだ。抑制は必要でも、度を超えるべきではない。房は翼と張に微笑を浮かべつつ頷いた。

「はい、正直でよいですね。では他の事を致しましょう」

「あの」と翼が言った。房は微笑みで先を促す。

「質問があるのですが……」

「はい、なんなりと」

子どもと過ごす時間が、房の癒しで心躍る時だ。邪気のない笑顔、学ぶ貪欲さ、感情を全身で表現するありさまは、大人にはもはや不可能だろう。だから、大人は子どもに対し、常に真摯な態度で臨み、一つ一つの興味を、大切に育てたいと心の底から思うのだった。

「房先生の暮らしていた都とは、どんなところなのですか?」

「様々な人が暮らしておりますから賑やかです。物も豊富にございます」

「書物はいかがですか?」

「ええ、豊富にございます。書物だけではなく、様々な分野の渡来博士もおります」

「博士……」

そう呟いた翼が、ちらと張に視線を投げ、再び房へ寄越し、決心したように問う。

「おなご、ばかりではないのですよ……ね」

二人共、父親や村の男たちを覚えている。けれど、男は横暴であるという記憶しかない。

「……ええ、都はおなごよりも、おのこの方が多いように思います」

二人が顔を見合わせながら視線を重ねた。横暴な男が多い都にいたから、目の前の先生は逃れてきたのかもしれないと。都は村以上に危険なところなのだろうかと、みるみる表情が陰っていく二人の子ども姿に、房は慌てて言い添える。

「おのこは大勢おりますが、穏やかな方は都の方が多いのですよ」

「確かですか?」

　張が嬉々とした声を放つ。

「ええ。翼様、張様の師となり得る方もおります。穏やかなお方、芯が強いお方、寡黙なお方など様々です。横暴な方も、まあ、それは、おりますが……」

　あと数年もすれば、翼と張も大人の男になる。この邑では、いずれ無用の男になってしまう。二人が、安堵の表情を浮かべると、房が先を続けた。

「申し上げて宜しいですか？」

　翼と張は構えたように頷く。

「翼様も張様も、大変聡明です。書物をもっと読みたい、政に携わりたい、海を渡りたいという願いがあれば、この邑を出て都で暮らす道がございます。もちろん、この邑にこのまま住み続けたいと望めば、婁様にご相談されればいいのです。

　婁様はあなたがたの将来を真剣にお考えくださるでしょう。そういうお方です。そして、都へ行きたいのなら、どうするべきか方法を探して参りましょう。ですから、心配する必要などないのですよ」

　二人の目が明らかに熱を帯びている。その熱を、房はひしと感じたのだった。翼と張には野心がある。婁の父から随時届けられる書物に影響されているのは間違いないだろう。知識がつけば、二人の望む未来は自ずと見えてくるはずである。

藤原不比等は、奇しくも婁(ロウ)と同じ二十七歳である。

後に王家を牛耳るようになる不比等も、この頃はまだ若い貴族の一員に過ぎない。だが、戦略家の片鱗は既に表れていた。何が功を奏するか分からないから、下衆の噂にも真剣に耳を傾ける。女への貪欲さも同じで、妻と呼ばれる者だけで五人いる。一夜を共にする女は数えきれないと、思われる。そんな男だからこそ、その後、王家を牛耳ることができたのだろう。

不比等は、奴の言葉が頭から離れなかった。「おなごが消えた」という言葉と、あの男の執念には直感的ににおうものを感じた。そしてこの直感は、これまで外れたことがない。

緒佐可(オサカ)に調査を下知してから報告まで一月(ひとつき)を要した。三日もあれば大概の事は知れると侮っていたのだが、村から女が消えた真相へなかなか辿り着けず、己の勘が、初めて外れたことに面食らっていたところへ齎(もたら)された報告は、俄には信じられない話だった。俄然興味が湧き、すぐに梯(テイ)へ文を出させ、危(キ)を呼んだ。もうすぐ危(キ)が、不比等の屋敷を訪れる刻限だった。

「山奥に頑丈な柵と蔦で覆われた邑が存在しておりました。そこでは、あの村の消えた女ばかりが暮らしております。女の他に、山犬が住み着いておりまして、邑へ近づくのを遮るように散々追い回されまして、奇怪な現象も度々起こり、なかなか邑の所在が摑めず、偶々(たまたま)出会った山を知り尽くす猿のような男に食い物を与え、雇ったのでございます。その男が探索を始めて間もなく、全てが氷解しました」

猿のような男とは、緒佐可らが探索を続けていた時に突然獣のように現れた男だった。都では一生出会わないような男だ。話す言葉もたどたどしく、山の言葉に詳しい男を間に挟んで、ようやく通じるような男だ。その男は、鮮やかに山犬を攪乱した。男は数年も身体を洗ってないい獣臭を放っていたが、さらに土を身体に塗りたくり、人のにおいを消し去った。本物の猿のように木から木へ渡り行き、邑の様子を観察することができたわけだ。

「危殿が参ったようです」

緒佐可に案内された危が、下座で深々と一礼をしたまま声を待つ。

「急に呼び出して申し訳ない。危殿の在は、二上山の麓でございますな」

不比等の問いかけに「はい」と答えた。

「実は、本日お越し願ったのは、山奥にある女ばかりが暮らす邑について、お話を伺いたかった故なのですよ」

危は耳を疑った。訳が分からなかった。誰も知るはずがない事実を、何故都の貴人が知っているのか解せないものの、認めるわけにはいかない。当然、知らぬふりをする。

「おなごばかり?……はて」

「いや、危殿が関わっておられるのは存じておるのです。責めだてするつもりは毛頭ござらぬ故、ご安心頂きたい。むしろ興味の方が強い」

「興味……でございますか」

危の脳裏には、危険信号が超連打で鳴り響いている。眼前に姿勢宜しく端座している不比等という人物について、梯からは「非常に猜疑心の強いお方でございます」と聞いている。そして「貪欲さにかけては都一でございます故、ご注意を」とも。

「ええ。何故、女が皆消えなければならなかったのか。何故、山奥でひっそり暮らしているのか。そこを教えて頂きたい」

　不比等は気味の悪い作り笑いを浮かべていた。

「拒むことはできぬのでしょうか」

「わたしが調べても構いませぬが、是非とも危殿から伺っておきたい」

礼は尽くしたと言っている。拒めば容赦はしないとも。既に分は不比等にあった。娘の平穏はついに崩れてしまった。

「ははは……そこまで案じて頂いたようで、恐れ入ります」

「では、話して頂けるか？」

　腹を括るしかない。ならば、せめてもの望みは、不比等の静観だ。

「事を荒立てて頂きたくありませぬ。それ相応の理由があることはご承知おきくださりませ」

不比等が頷いたのをきっかけに、危（キ）はこれまでの経緯を、事細かに話し出した。


全てを語り尽くした時、意外な光景を危（キ）は目にしていた。不比等が苦々しい表情を顕わにしていたのである。不比等の第一印象は、村の男の目と同じ目である。つまり、女は男の付属品だと信じ込んでいる人種だ。おなごの邑の事情など、笑って小馬鹿にすると思っていた。しかし、不比等が口にした内容はそうではなかった。

「愚かしい……」

「……はい？」

不比等が何度も頭を振りながら深々と溜息を吐いた。

「危（キ）殿の娘は……妻（ロウ）という名でしたか、さぞ辛かったであろう、悔しかったであろう……」

貪欲な男から飛び出す言葉とは思えない、胸に響く温かい一言だったのだ。

「有り難きお言葉、痛み入ります」

危うく瞼から涙が滲み出そうになるのを、必死に堪えた。

「女だけでも暮らしは成り立つのだな……」

「はい、わたくしも驚いております。覚悟を持った者は、性別を超えるのだと娘に教えられました」

「金はどうやって賄っておる？」

「金が必要になることは滅多にないようですが、少しでもあった方がいざという時に役に立ちますので、拵えた飾り物を都で売っておるようです」

「逞しいですな」

「ええ、役立たずの父ですが、せめて、おなごを探し回るおのこを遠ざけようと、都で金になる仕事を与えたのでございます」

「それが、思わぬ追い風になった」

「はい、村へ戻りたくないという気持ちが芽生えたのには、少なからずホッと致しましたが、少々厄介なおのこもおります」

「そ奴が、わたしが興味を覚えたきっかけです。さて、どうするか……」

「はあ……」

　不比等は考え込むようなふりをしつつも、心の中ではどうするか既に決めていた。経緯を聞きながら、婁に対しての興味が沸々と湧き上がり、是非とも対面し、尊顔を仰ぎたくなっている。夫を失ってしまったのは気の毒だ。だが、世の無常を嘆き暮らすような柔な感覚は婁にはないらしい。人生は苦しみばかりではないと知ってほしいからといって、無謀な行動に及んだ女に会いたくて堪らなくなっている。前述したように、不比等は女への興味も人一倍持ち合わせている。純粋に愛しいと思う女も、出世につながる女も、未知の女もだ。

「危殿、一つご提案があるのだが、聞いてもらえますか」

危は恭しく頭を下げ、次の言葉を待った。

「わたしは、危殿の話を伺い、おなごの邑を守ってやりたいと思います。そのために力を貸すこともやぶさかではない。しかし、間接的な話だけで信じるのはいささか乱暴なような気もするのです。そこで、婁殿からも直に話を聞いてみたいのですが」

税を免除するとも言い添えた。不比等の提案は、有り難くもあり、けれど必須な要求でもあり、穏便に収めるには、否はあり得ないだろう。承諾する以外答えはないものの、止めどない不安が溢れる。

「不比等様に守護して頂ければ、こんなに心強いことはございませぬ……。ですが……婁は頑ななところがありますので……わたしの一存では決め兼ねます。暫くご返事はお待ち願えますか？」

それが、精一杯の回答だった。

「ええ、是非、良い返事を期待してますぞ」

屋敷を後にした危は急いだ。不比等に目を付けられたことが良かったのか悪かったのか――まだ断定はできない。しかし話の進めようによっては、吉となる可能性は大いにある。上手く説き伏せなければ、これまでの努力が全て無駄になる。都から婁の邑まで、休まずに延々と歩き続けた。既に真夜中だったが、構うことなく柵を開け、ずんずん中へ入った。山犬のケハヤが、見知った危に対し尻尾を振ることはあっても威嚇することはない。闇の静寂さが保たれたまま、女たちが寝静まる家屋に足を踏み入れると、既に婁が待っていた。

「とうさか……。ケハヤが吠えぬから、怪しい奴ではないだろうと思うたが、夜更けにどうしたのだ？」

「いや、遅くにすまない。急ぎ、伝えなければならない事ができた」

途端に婁の表情が険しくなり、瞬時に頷く。

「わかった。けどここはよそう。とうさ、お山へ行こう」

急を要したからこそ、父は真夜中に来たのだ、と婁は判断した。邑の存続に関わることかもしれず、いずれにしても良い知らせではないだろう。寝静まった家屋で、誰かに聞かれたら厄介だ。

「あ、ああ、そうだな。そうしよう」

危は踏み入れたままの状態だった足を元に戻すと、早々に家屋に背を向けた。後から出ようとすると、婁の身を案じたのか、ケハヤが膝にすり寄り、纏わりつき、身動きができなくなるよう意図的に邪魔を始めた。婁は苦笑いを浮かべると、ケハヤの頭部をわしわしと撫でてやる。その場にしゃがみ込んだ途端に、ケハヤが婁の顔面をこれでもかと舐め回す。暫くされるがままにして、けれど負けずに、婁もケハヤの顔や背中を荒く撫で回してやった。

ようやくケハヤが落ち着いた頃、婁は真剣な眼差しで戦友に呼びかける。

「ケハヤ、少し出掛けてくる。おまえはここに残り、何かあれば、わしへ知らせるのだ。よいな」

婁を見つめるケハヤの目が一緒に行きたいと訴えている。けれど、婁の眼差しは緩むことがない。ケハヤは不承不承諦めたという体でクーンと答えると、婁がよしよしとケハヤの頭部を撫でた。そうして、やっと婁はケハヤに背を向け、柵の出口で待つ父の元へ走り、柵から外へ出るのだった。

間もなく梅雨が終わりを迎える。雨の多い季節は、畑の苗に栄養を与える最良の時でもあるが、屋内で様々な作業を可能にした効果を、最も実感する季節でもあった。子どもたちの役目もこの時期一つ増える。それは、雨漏りを見つける役目を担うのだ。子どもたちは遊び感覚で屋内を駆け回りながら漏れを見つけ、雫の落ちたところに甕を置いていく。そうして貴重な晴れ間を利用し、修繕を施すのが参の役目である。

日中は、空をずっと覆っていた厚い雲も、夜には通り過ぎていったらしく見事な満月が下界を照らしている。危は道々、婁へ語った。婁は父の話を聞くことに徹した。夜空に浮かぶ満月が、煌々と飛鳥の都を照らしている様は、畏れ敬う厳かさに支配されており、対し、ぽつぽつと見えるほのかな灯りが、まるで人々の抵抗のようでもある。

「とうさ、おなごの邑は、外部の庇護は受けない。それは知っているだろ？」

危は娘の気性を知っている。女だけで生きるという信念も知っている。けれど邑を存続させるには、不比等を敵に回してはならないと伝えなければならなかった。

「ああ、十分分かっている。だがな、甲呂魏の目立った行動が、不比等様の目に留まってしまったのだ。庇護を受けたくないならば、婁から直接不比等様へ伝えるのだ。それであのお方の気が済むやもしれぬ」

不比等は婁に興味を持った。婁に会えれば、答えが「諾」であろうと「否」であろうと構わない。万が一婁を気に入れば、黙認してくれる可能性は大いにあるかもしれない。

婁がその場に蹲った。膝を両腕で抱え込み頭をもたげる。

「不比等って、一体何者なのだ？」

危も隣に座り、婁の背中を労るように撫でた。

「藤原鎌足様のご子息で、現天皇のご子息・草壁皇子様の補佐をしておられる。あのお方は勤勉家に加えて活発でな、どのような些事な話にも興味を持たれるようじゃ。才に長けた方であるのは間違いない。いずれ高い地位に昇るであろうな」

「邑は潰されるのか？」

依然として婁（ロウ）は丸まったままだ。

「婁（ロウ）、話は持って行きようだ。頑なに拒否しておれば、好意が敵意に変わるのが人の世というものなのだ。不比等様は、おなごの邑を生かそうという気持ちに傾いているとわしは思う。おなごたちの行く末を思いやるのであれば、ここは一つ、会うてみる方が得策だろうな」

危（キ）の声が途切れると、暫くそのまま時が流れ、婁（ロウ）は返事をするどころか微動だにしなかった。婁（ロウ）は苛立っていたのだ。高貴だか何だか知らないが、貴族のお気楽さが腹立たしかった。山民など、都人にしてみれば人ではなく獣に近い存在で、家畜は役に立つが、山民は役にも立たない。死のうが生きようがどうでもいい——それが彼らの念頭にある山民なのだ。こちらは真剣に、必死に生きている。覚悟を持って作り上げた場所に踏み込まれる未来は、考えたくもない。だからといって不比等のお気楽さを止める術が、悔しいが、ない。

婁（ロウ）が強弁に拒めば、どうなるのだろう。あの邑で笑っている女たちや、未来あるべき子どもたちは、何を望むだろう。婁（ロウ）の心は揺れに揺れた。だんだんと女たちの笑顔が脳裏を占めていく。やっと、重い口を開いた。

「……あの邑に招くわけにはいかない。婁が都へ行った留守の間に、邑に異変があってもまずい。……とうさの家で会おう」

危は明らかにホッとしたような安堵の息を吐いた。

「うむ、婁の言はもっともだな。その旨、不比等様に伝えよう。日が決まれば連絡しよう」

その夜は、危も星を観察する気にはなれなかったのだろう。婁と一緒に山を下り、邑の入り口で二人は別れ、危は村へ帰っていった。


「おひい様、あっ、房様でございました。お身体の具合はいかがですか？」

牛が、土間から白湯を運んできた。

早朝から気温が上昇し、身重の主は、暑さが堪えているに違いない。牛は、側女の仕事をしていた頃から機転が利く。室の下で働くようになっても、その才は引き続き発揮され、随分と食生活が豊かになった。

妬み嫉みという気持ちを持たない室は、牛にとっても幸いで、側女時代よりも生き生きと暮らしている。根っから綺麗好きな牛は、家屋の掃除を誰よりも熱心に率先してやっていたから、室以外の女たちからの受けもいい。

「身体の節々が痛いのは仕方ないわね。これくらいは、ややこのためにも我慢しなくては」

案の定、喉が渇いていたらしく、白湯を受け取ると一息に飲み干した。

「もうすぐでございますね」

房（ボウ）のお腹は、日々の暮らしぶりが影響し、見事な臨月腹だ。諍いもない、夫の昇進降格左遷の不安もない、独りぼっちになる不安もない。誰もが、同じ境遇で苦しんでいたからこそ、同じ轍は踏まないよう皆細心の注意を心掛けているのかもしれないが、それでも、皆が笑っているこの暮らしが心地いいのだろう。

「この邑での出産は、一度もないのね。ご迷惑をかけてしまうのは心苦しいけれど……」

只今は、常に房（ボウ）のそばにいるはずの子どもたちの姿はない。柳（リュウ）が子どもたちに字を教えている最中であるらしく、学びの間から、字を読み上げる声が聞こえてくる。

「その心配はご無用ですよ、房（ボウ）様。ほとんどのおなごは、出産経験があるのです。それに心（シン）様、柳（リュウ）様がおります。あのお二人は都の薬師より知識がございます。夏のお産はお身体のためにも良いそうですし。そうそう、星（セイ）様は房（ボウ）様がご無事で出産なされるよう、ご祈禱くださるそうです。ですからあとは、でんとしておられればよいのです」

「まあ、牛（ギュウ）ったらお行儀の悪い。そうね、皆様のお気持ち、誠に有り難く思います」

暇な時を使い、房（ボウ）は赤子用の襁褓（むつき）を縫っている。

「房（ボウ）様、夕食は何を召し上がりたいですか？」

「何でも構わないわ。いつも美味しく頂いているもの。室様にも十分お礼を申し上げておいて」

当時の食事は朝と夕の二回。日中腹が空けば、旬の頃は瑞々しい木の実、旬でない季節は干した木の実などを食べて空腹を凌ぐのだ。

「実はですね、室様と醤を作りましたの。王家ではよく嗜んでおりましたでしょ。豆を煮て発酵させればよいのですから簡単でございました。大根と炊いてお出ししますね」

「夕餉が待ち遠しいわ、はしたなくもお腹が常に空いているの。ところで牛、婁様のお姿が見えないけれど、何か知っている？」

「朝が明けるとすぐにお出掛けになられましたよ」

そう言うと、忙しげに持ち場へ戻っていった。房はここ数日間の婁の様子が気になっていた。人と接する時は努めて明るく接していたように感じ、けれど独りでいる時は恐ろしいくらい険しい表情をしていた。柳や星も何かを感じていた様子だが、敢えて気付かないふりを装っていた。何かあったのかもしれない。房はこの邑の異変でないことを、願わずにはいられなかった。

危険な対面

婁(ロウ)は三年ぶりに、ある意味懐かしさがある村へ足を踏み入れた。そこは当時暮らしていた野蛮な村ではなかった。戸惑うくらい静かだったのだ。草を叩く音、井戸から水を汲む音が聞こえるということは、人の気配はある。けれど、あの頃のどんよりとした雰囲気は微塵も感じない。女たちが村からいなくなった後、男たちも村を離れたと聞いている。父の機転がこの穏やかな空間を生み出したのだ。

今から父と約束した貴族の藤原不比等と相見(あいまみ)える。

婁(ロウ)は誰にも見られないよう気配を消しながら、ひっそりと我が家まで行き、入り口へ立った。耳を澄ますまでもなく、古ぼけた家屋の中から、父の声ではなく、聞き覚えのない声が聞こえる。張りがあり、内から漲(みなぎ)る声。十中八九、不比等だろう。一つ深呼吸し、覚悟を決めると、

「婁(ロウ)だ。入るぞ」と声を掛け、戸を開けた。

家の中には、明かりを取り込む窓はない。日中でも薄暗く視界が悪いはずなのに、どこで誂

えたのか、至る所に油灯が置かれ異常に明るい。その灯りのせいで、ムッとするような暑さが蔓延していた。屋内の暑さによるものか、あるいは緊張によるものか、額に汗を浮かべた父が、笑顔で婁を出迎えたその背後に端座している人の気配がある。婁は視線を外したまま男の向かいに座り、父の指示によって深々と低頭した。その体勢のまま、男の言葉を待つのが礼儀であるらしい。並の気配ではない。この気配に覚えがあるのは、唯一房こと山辺皇女だけだ。房は邑の暮らしに慣れるべく、気さくな態度を心掛けて女たちに接している。けれど、彼女が纏う気配は、山民には越えられない壁のような隔たりがある。それが王族である証なのかもしれず、房に接する際は、別の感慨も含め、無意識に緊張してしまう。房は女であり、同じ暮らしをする同志でも、只今、間近で婁の様子を探る不比等は男であり、敵を思わせるような圧迫感を強烈に受けた。

　負けてなるものか、と婁は腹に力を込めた。暫くの沈黙が過ぎるとようやく、

「上げられよ」

　という声が掛かった。

　婁は臆する感情を封じ込め、毅然と頭を上げた。

「婁、であるな？」

「ああ」

途端に父が「婁！」と窘めた。言葉を知らぬわけでもないのに、その態度はなんだと言っているのだ。十分過ぎるくらい承知しているが、婁はまだ視線を合わせていない目の前の男に遜りたくなかった。けれど、父の圧する視線が婁に注がれたままであるのは気配で分かる。相手を敬う言葉で話すまで、父が視線を外すつもりはなさそうだ。

不承不承、返事をする。

「……はい、婁でございます」

「よう来てくれた」

婁は不比等から注がれる熱過ぎる視線を、敢えて逸らしたままの状態でいる。

「そなたの父より、大まかな所は聞いている。だが、そなたからも聞いてみたかったのだ。何故、おなごの邑を作り上げたのかを、な」

威圧——これが、婁の最初の実感だ。穏やかに話しているつもりかもしれないが、指図することに慣れており、有無を言わせない。こういう人間が婁は嫌いなのだ。だからすかさず応戦の態勢を取った。

「それを聞いてどうなさいます？　おなごから取り上げるのですか？」

「それは、そなたの話を聞いてみなければ分からぬ」

婁の物言いなどまるで頓着しない。穏やかさを保ったままの口ぶりで婁の出方を楽しむ余裕すら感じられる。おなごの邑を生かすも殺すも、婁（ロウ）ではなく自分自身であるのだと。

「ならば、申し上げます。どうぞ、このまま放っておいて頂きとうございます」

「申せ」

婁（ロウ）の願いは聞き流され、不比等は核心を話すよう催促する。この数年間の努力も知らないお気楽貴族に、婁（ロウ）は無性に腹が立った。

「ですが、おのこであられるあなた様に、おなごの気持ちが分かりますか？　全てを話しても、世迷い事と仰せられるのではありませぬか？」

何よりも大切なことは、諦めるのではなく希望を持って生きること。その希望の対象が男と女では違うのだ。女が望む暮らしは、男にしてみれば、塵（ちり）・カス程度だと言われるのが見えている。

「そうでもないと思うぞ。わしの近くは強い女が多い。そなたとは毛色がちと違うが、性根は同じであるように見えるがな。ともかく、話してみよ」

どこまでも穏やかさを失わないこの男が、信用できなかった。けれど、この問答を続けたところで時ばかりが経つだけだ。不比等は話を聞くまで催促し続けるとも感じる。正直なところ、婁（ロウ）は一刻も早くこの面談を終えたい。なにしろ異常に暑い。癪に障るが、仕方なく婁（ロウ）の思いだけを語り始めた。

「父が語りました故、重ねては申しませぬ。然らば要点のみ申します。邑を作りましたのは、それ以外に策がなかった故です。おのこは、おなごを己の所有物としか思うておりませぬ。おなごには何もできないと、高を括っている。あにはからんやでございます。おなごばかりで暮らすようになりましてから、皆笑うようになりましたし、己の意思で生きております。どなた様にも迷惑はかけておりませぬ。どうぞ放っておいてくださいませ」

「なんでもできる？」

不比等が小馬鹿にしているかのように嘲笑した。途端にカッとなった婁は、顔を上げ、凛然と不比等に視線を合わわせた。

「できまする」

「……ほう」

不比等はたった一言返すのがやっとだった。まるで孤高の戦士を彷彿させるかのような婁の美しさに、圧倒されるしかなかった。並みの美しさではない。都で賞賛される美人が平凡に見えてくる。闘争心と孤独感と儚さを併せ持ちながら、澄んだ形の良い目が、意志の強さを顕しており、全身日に焼けた肌が、油灯で煌めきを際立たせている。不比等は強い女の方が好みでも、婁のような穢れのない瞳を持った女は初めてだった。家屋に入ってきた時から、婁の美しさは群を抜いていると感じていたが、問答中の毅然とした態度も気に入ったし、問答自体愉快だった。必要以上に媚び諂う者より、よほど信用が置ける。

依然として、媚びや恐れ、戸惑いも一切ない真っ直ぐな眼差しで、婁が不比等を見据えていた。

「危殿とそなたの話を聞き、わしはどうしてもおなごの邑を訪ねてみたい……」

邑でのびのびと暮らす、婁の姿を追いかけたくなっている。いつまでも婁を見ていたい……。

だが、婁は「お断り致しまする」と即答した。

不比等が弾けたように笑いだした。婁の反応が手に取るように分かっていたからだ。敵と対峙するかのように挑み続けている婁が応じるはずもないが、だからといって、婁を手放したくない気持ちが沸々と湧き上がっている。婁をもっと知りたくなっている。そしてできることなら、近くに置きたいとも。

「そう言うと思うた。しかし、邑の様子が気に掛かる故、一月後そなたに様子を教えてもらおう」

焦ってはならない。頑な心を開いていくには根気がいる。自分が味方であると確信させなくてはならない。

「お断りはできませぬか？」

不比等の思惑など全く気付かない婁は、この対面をこれっきりにしたかった。何故なら、この対面は婁にとって煩わしさを払うための対処でしかない。

「邑を守りたければ、その方がよいであろうな。わしは、おなごの邑を守りたいのだ。それには、内情を知るのは必然であろう？　承諾してもらえるのなら、奴の件はわしの方で手を回そう」

　村の男たちを抑えてくれるのは有り難いと思うものの、今後も不比等から干渉されることに躊躇する。父に助けを求めるように、ちらと視線を投げてみる。危は頷いて承諾を勧めている。あるいは反抗してはならぬと婁を諫めてもいる。婁は、深いため息を一つ吐いた。

「……承知しました」


　邑へ戻った婁は、早速房を探した。房ならば不比等を知っているだろう。不比等が信用に値する人物か否か――それは今後の対面で探っていくとしても、房の意見を聞きたかった。房は庭が見渡せる家屋の縁側に腰を下ろし、襁褓を縫っていた。臨月が迫っていて、お腹の張り具合が著しく、座っているだけでも大義そうだ。

　その様子を婁は一時ぼんやりと眺めていた。房の後ろ姿には安心するような懐かしさがあり、子を宿しているからか母性もあり、膨れ上がる不安を鎮める如何にも相応しい情景だった。

「横になった方が、身体が楽でしょう」

隣に腰を下ろしつつ、労りを込めてそう言った。房(ボウ)の体勢は縁側に浅く腰掛け、足を地面に下ろしている。

「あ、婁(ロウ)様。こうしている方が楽なのです」

寝ているとお腹の重さで苦しくて、と付け加えた。

「……そろそろですね」

房(ボウ)の腹部に視線を送りながら伝えると、房(ボウ)は穏やかに笑みを浮かべ、愛しそうに腹部へ手を当てた。

「はい、皆様のおかげで、お腹の子は、すくすくと育っております」

夏の日差しは強くても、山から降りる風が涼を齎し、幾分過ごしやすくなった午後。畑では夏野菜の収穫が繰り広げられ、家屋の奥からは料理をする音、庭で草を叩く音、薬に使われる木の実を臼で碾(ひ)いている音、暮らしに必要な様々な音が、風に乗って聞こえる。この日常は宝だと、婁(ロウ)は改めてそう感じた。不比等に会った直後だから、余計にそう思うのかもしれない。

徐(おもむろ)に、房(ボウ)が口を開く。

「わたくしは王家で育ちました。王家は、煌びやかに、優雅に、暮らしていると思われるでしょうけれど、まことはそうでもないのです。昨日まで頂点を極めていた御方が、今日は死罪か遠島かという、安定とは程遠い暮らしでございます。間近で見て参りましたから、いつかわたくしの暮らしが激変するかもしれないという不安が常にありまして、気の休まる時などございませんでした。

　このような、人が温かく、穏やかな暮らしは、望んでも叶うものではありませぬ。それが今、こうして心から穏やかな毎日を過ごす恩恵に与ることができましたのも、皆々様のおかげでございます」

　婁（ロウ）の思いを読み取ったかのように、房（ボウ）は語る。

「王家というところは、一日で暮らしが激変するのですか？」

「わたくしも、そのうちの一人でございます」

　元山辺皇女の房（ボウ）は、この邑へ逃げ込む前日、夫の自害を目の当たりにしていた。大津皇子は、ヤマトの先頭に立つべき大物だったが、義母によってその望みは絶たれている。

「不比等という人物をご承知ですか？」

　唐突に婁（ロウ）が尋ねた。

「ふ？……ああ、鎌足様のご子息でございますね。不比等様がどうかされましたか？」

　案の定、房（ボウ）は知っていた。だからといって、事の経緯を語るつもりはない。臨月の房（ボウ）にいらぬ心配をさせるわけにはいかない。

「父と……関わりができたようなのです。村のおのこらが王家の墳墓造営に駆り出されておるが、それを仕切っておるのが不比等だと……。何故か父は、不比等を手放しで褒め上げるのですよ。おのこらの不安は解消したと言うのです。だが、そう都合よくいくだろうか……わしはどうも……」

不比等と相見えたことは伏せた。かつての村の男たちが、都へ出稼ぎに行っている事情を房(ボウ)は初めて耳にする。そういう事情だったから、この邑は安泰なのだとも理解した。都に貴族は付き物である。どんなに卑しい仕事でも、辿っていけば自ずと貴族の指図によるものだと判明する。墳墓の作業自体、司っているのは王家に君臨する貴族だ。

婁(ロウ)の父である天文博士の危(キ)は、予(かね)てから貴族との繋がりを持っていると聞いていた。不比等と関係ができてもおかしくはない。婁(ロウ)の表情が硬く強張っていることの方が気になる。なにがしかの助けになるのなら、知っている事を話すまでだ。

「……わたくしは、不比等様とご縁が薄かったので、よくは存じませぬが、草壁皇子様の補佐をなさっておいでです。鸕野讃良皇女様が、不比等様をお付け致したということこそが、あの御方の有能さを顕しているように思います」

婁(ロウ)は深く頷く。有能なのはあの短い対面で婁(ロウ)にも伝わった。

「信用に値する人物であろうか？」

「王家もそれに連なる貴族にも、心などございませぬ。野心と申しましょうか。己の利益が生ずる方へ傾くだけでございます。ですが、婁様のお父上は、都の事情に通じておられるのですよね。何か、目算がおありになるのではないですか？」

　父は不比等を信用していない。おなごの邑を守るために服従しているだけだ。核心を房に話すことができないもどかしさが募るが、そうとは知らない房が続ける。

「かつて……わたくしの父と不比等様のお父上が蘇我家を誅しました。鎌足様と仰せられますが、夫の父である天武様も鎌足様の能力を買っておられました。ですが、不比等様は鎌足様を上回る才知に長けたお方だと夫は申しておりました。無冠の地位から才知を活かし、鸕野讃良皇女様の目に留まりましたのも、それ故でございましょう」

　貴族の階級がどのような仕組みなのか婁は知る由もない。最下級の位から最高の位まで有能無能関係なく、一生かけても辿り着けない者が掃いて捨てるほどいる。また家柄が、天皇との縁が深ければ深いほど、無能でも中級の五位、四位からどんどん伸し上がっていく。有能な不比等は、王家に近しい貴族であるにもかかわらず、最下級から伸し上がってきた。不比等の父鎌足は、天智天皇・天武天皇に多大な尽力をした藤原家の始祖である。恩賞として、中臣姓から藤原姓を与えたのは天智天皇だ。だが、鎌足にも野心があった故の尽力だったことは否めない。両天皇は野心を承知しながらも、鎌足の才知が必要だった。

　天智天皇が崩御して鎌足も亡くなり、「壬申の乱」を経て、天武天皇が天下を掌握した時、敵対関係にあった天智側に不比等はいたが、乱には直接関わっていなかったため罪に問われることはなかったが、階級は最下級となった。王家を繁栄に導いた鎌足の子という看板を背負っている不比等は、秀才であるうえに、野心は人一倍強い。利用できるものは、なんでも利用した。特に、女を活かす能力に長けていた。

「ということは、不比等には、十分注意した方がよいということかな？」

婁の表情は鋭く、硬く、普段の穏やかさとは程遠く、まるで悲鳴を上げているようにも感じる。何かに怯えているようだ。房は、この怯えに憶えがあった。大津皇子が亡くなる数カ月前から、常に今の婁と同じような表情をしていた。何か婁に、あるいはこの邑に、危機が迫っているのかもしれない。まさか、不比等がおなごの邑を知ってしまったのかもしれないという、とんでもない妄想まで房に湧き起こっていた。

それを尋ねたところで婁は否定するだろう。そうでなければ、こんな回りくどくするはずがない。湧き起こった動揺を婁に悟られないように、房はすかさず頷いた。

「……ええ……そうですね、侮ってはならないでしょうね」

婁の脳裏には、今朝ほど相見えた不比等の姿が蘇っていた。できるだけ視線を合わせずにいたが、不比等の口調に腹が立って、つい顔を見てしまったのだ。ムッとする暑さの中、その顔には汀の一粒も浮かんではいなかった。穏やかさを保っているようでも、細長く切れ上がった目は鋭かった。意志の強さを感じる顔形と、全身引き締まった体躯が、何事にも妥協を許さない性格を顕していた。

気持ちの整理をつけたくて、房(ボウ)に暇を告げ、婁(ロウ)はその場を離れた。

邑の存在を突き止めた者が、何故よりによって不比等なのだ。返す返すも悔やまれる。まあしかし、不比等でなければ、ここまで興味を覚えなかったかもしれないが……。

おなごの邑を守る。それが何よりも、どんなことにも優る。自分の自負心は、この際引っ込めねばならない。では、どうするか。真っ先に父の姿が浮かんだ。早速明日にでも父に相談しようと思うと、いくらか塞ぎ込んでいた気持ちが楽になった。

「つけますか？」

婁(ロウ)が去った後、後ろに控えていた緒佐可(オサカ)がすかさず聞いた。

「やめておけ」

と不比等が事もなげに答えた。

「信を尽くさねば、心は摑めぬ」

どの口が言う、それが危(キ)の本心である。それも全て見抜かれているかのように、不比等が鷹揚に口を開いた。

「危殿、そなたの娘御は、わしの想像を遥かに超えていた。あれは逸材じゃ」

　不比等の舐めるような視線。危は、傍目からしっかり観察していた。

「……畏れ多いことでございます」

「婁と申したか、であるなら邑も作れるであろうな。いや、都も作ってしまうやもしれぬ」

「……買い被りでございます」

「男の妻になるような器ではない。気の毒かもしれぬが、夫に死なれ開花したのだろう」

　危は、我が耳を疑った。死なれて開花した？　妻になる器じゃない？　それも当人の親の前で事もなげに宣う不比等の無神経さに思わずカッとなった。怪羽矢を失った婁の底知れぬ悲しみなど決して分からない！　と、叫びたい衝動を堪えに堪え、無言という態度で抵抗した。

　どんな些細な変化もすぐに感じ取ってしまうのも不比等の才能で、すぐさま危の怒気を察知すると、厳かに話題を転じた。

「さて、危殿。大事なこと故、よう聞いてもらいたい。わしはおなごの邑を守りたい。税の免除も取り計ろう。だが、婁にその気がなければ廃邑もやむを得んだろう。そなたの働き如何で、生殺が決しよう」

　充満する暑さの中で、次々に額から滴り落ちる汗が流れていく。怒りが途端に恐怖へ変わり、また別の汗が危の額に滲み、寒くもないのに背中には悪寒が走った。服従するほか術はなく、深々と地面に臥す姿勢をとる。

「……は」

「この次は、穏便に婁と話したい」

「……承知しました」

「危殿は話が通じるようで、わしも助かる。緒佐可、帰るぞ」

すかさず緒佐可が立ち上がり、二人は足早に村を出て行った。危は送り出すこともできず、憤っていたことも忘れ、その場に平伏したまま暫く動くことが出来なかった。不比等の婁を見る、あの舐めるような視線が、脳裏にこびりついて離れない。興味どころか、男として情けをかけようとしている。おなごの邑よりも、婁への興味の方が大きいのは明白だ。既に邑は、不比等の手中に嵌まってしまった。婁の態度次第で、女たちの生死が決まることも。婁を守る――それは危にとって変わらない思いである。婁を守ることが同時におなごの邑を守ることにもつながるのなら、不比等のご機嫌を損ねるわけにはいかない。恐らく婁は、歯向かって拒否するに違いない。それも不比等は分かっているのだ。危に説得しろとは、そういうことだった。

翌早朝、婁が再び危の家へやってきた。訪ねようとしていたのだから、出向く手間が省けたのは好都合である。屋内は、昨日の油灯はすっかりなくなっており、いつも通りのほの暗さと涼しさに戻っている。

「……婁か、おはよう、来てくれたのだな」

「あやつのことで、とうさに相談があってさ」

もちろん不比等のことだ。

危は立ち上がり、火の消えた囲炉裏の土瓶から白湯を木椀へ注ぐと、向かい側に座る婁の前へ静かに置く。

「……わしも婁に伝えねばならんことがあるのだ」

走ってきたのだろう、婁の額には僅かに汗が浮いていた。

喉を鳴らして白湯を飲み干す。

「なんだ？」

「先に婁の相談とやらを聞こう」

婁が嫌がる話はできるだけ後回しにしたい。婁はすぐにでも話したかったようで、間髪を入れずに口を開いた。

「山辺皇女に、あやつのこと聞いた。あやつが邑の存在を知ったことは言うてないが、山辺皇女は王家の皇女だし、知っているなら情報が欲しいから聞いたんだ。あやつは都でも相当なやり手らしい。だから、信用はしない方がいい。おなごの邑を守るなんて、あやつの方便だろ？

あやつの狙いはなんだ？　とうさ、教えてくれ！」

女たちの前では堂々としている婁も、相変わらず父には幼い娘に戻る。まだ三十歳にも満たない未婚の女なのだ。本来の婁は、純粋で純情ということだ。

「うむ、梯殿も言うていた。不比等様は明晰で貪欲なお方だと。わしの本音を言おうか？」

不比等の望みを、婁へ伝えるのは今しかない。

「ああ、頼む」

危は目前に置かれた木椀を手に取り、一口飲んで勢いをつける。

「婁、不比等様に従うのだ。それしか邑を守ることはできまい」

「…………」

やはり婁は返事をしなかった。

懇願する表情が一変し、父に対し挑むような眼差しになった。

「気に入らんだろう。わしとて同じだ。しかし、挑めば潰される。それもあっという間に。それでよいか？　何年もかけて築いた邑を無くしてしまってよいか？　皆不幸に逆戻りだ。山民どころか罪人にまで落ちて、酷い仕打ちが待っているのだ。わしは、そのような姿など見たくはない」

「罪になるのは婁だけじゃないってことか？　なぜだ？　婁だけ裁けばいいであろう？」

「見せしめだよ。そんな惨い仕打ちなど、婁とて望まぬであろう？」

善人だろうが関係ない。貴族は、それも出世を望む者は、阻むもの全て退けていくのが伸し上がるための手段である。

罪の如何はどうとでもできる。阻む者に近しい人々も、同調したとして処断するのだ。たとえ乳飲み子であろうと、死が目前の老人であろうと容赦はしない。情も一切ない。そういう世の習いを知らない婁は、道理を主張する。

「婁が罰を受けるのは構わない。でもおなごは罪人じゃない」

「山辺皇女を見てみよ。あの御方は罪人ではない。しかし、強き人に背けば、たとえ潔白であろうと罪人に貶められる」

その通りだ。強い者に貶められた気の毒な例がそばにいる。だが婁は怯まない。

「そんな……そんな卑怯な奴に服従しなきゃならないなら、村にいた頃と変わらないじゃないか！」

ならず者に服従するばかりの、意思を持つことを否定されていた人生など無意味だと信じて、その信じる道を突き進んだ。なのに、それすら許されないのか。放っておいてほしいだけなのに、不比等の躍進を阻むつもりなど毛頭ないのに。

「……そうだな、だが婁よ、おぬしは今、邑の主だ。己の心のままに動き、それにより罪なき人が泣くことになっても、婁（ロウ）は道理だからと胸を張っていられるか？」

「それは……」

返事ができなかった。皆の笑顔が脳裏に浮かぶ。

懸命に生き抜くために、日々の暮らしを良くしていくために相談し合い、笑い合い、助け合っている女たちの姿を思えば、答えることができなかった。

「そうだ。婁（ロウ）一人りならばそれもあっぱれだと言う者もおろう。だが、邑を背負うものが叫べば、ただの馬鹿者だ。仮におなごが皆婁（ロウ）の志に賛同しても、頷くべきではないのだ」

「…………」

「それが邑を纏める者の責であるだろう。婁（ロウ）、よく考えよ。不比等様は服従しろとは言うていない。おなごの邑は生かすと言うておる。このままの暮らしが続くのだ」

村の主として生きてきた父の苦悩を、今初めて婁（ロウ）は受け入れることができた。何故正義を主張しないのか、何故黙認していたのか、いつも歯がゆかった。

「……でもさ、あやつの言うままにせねばならんのは、……悔しい」

婁（ロウ）の主張は子どものような言い草になっていた。幼い頃から、平等と道理の信念で生きてきた婁（ロウ）には、遜（へりくだ）ることが一番苦手なことだった。ましてや不比等は婁（ロウ）と大して年齢が違わないのだ。尊敬もしていないのに、へこへこできない。

「婁よ、心は使いようだぞ。わしの勘では、不比等様は婁を気に入っておる。婁にしか興味がないのだ。つまりだ、従順に接しておれば、邑には手は出さぬであろう」

「……………」

父の言っている意味が分かる婁は、余計に苛ついた。あの舐めるような視線は忘れられない。女が男の言う通りになると、それが当然と思っているあの態度も、苛つく原因だった。

「わしが言いたいことは、そういうことだ。婁が不比等様と穏便に対話しておれば、邑は安泰だろう。よいか、気に入らぬだろうが、不比等様と会わねばならぬ。さすれば、もしや、あるいは、婁のわだかまりも取れるやもしれぬぞ」

そう言うと、危は「村の様子を見てくる、爺婆ばかりで心配だからな」と苦笑しながら婁を残し、家を離れた。

婁が邑へ戻る山中の道なき道を駆けている最中、後を付けてくる人の気配を察していた。婁はそれに気付いていないかのように無関心を装い、駆け続けつつ、ケハヤにだけ分かる合図の指笛を吹いた。間もなくケハヤの気配を察知した婁は、後を付ける者を突き放し繁みの中に隠れると、そこへケハヤがすり寄ってきた。婁が隠れたとは知らずに、変わらない歩調で人の気配が近づいてくる。婁とケハヤは気配を消し、間近に迫って来るまで息を殺してじっとしていた。

「行け！」という合図と共に、ケハヤが獲物目掛けて飛び掛かる。

「うわーっ！」

大音声の叫び声と被さるように、ドサッと倒れる音がした。ケハヤに咬みつかれながら倒れても、気が狂ったように暴れているのは若い男だった。婁（ロウ）が近寄ると、ケハヤはようやく男を放し、婁（ロウ）のそばに控えつつ唸り声を上げ続ける。

「なんじゃ、誰かと思うたら、甲呂魏（コオロギ）ではないか」

足を咬まれた甲呂魏（コオロギ）は、痛みで額から脂汗が浮き出ている。足を手で庇う仕草をしながら悪態を吐いた。

「ちっ……山犬など……使いおって」

「大層な口を利くではないか。太刀打ちもできぬくせに」

婁（ロウ）は仁王立ちで威嚇するように甲呂魏（コオロギ）を見下ろしていた。ケハヤに咬まれた箇所からは血が流れており、焼け付くような痛みで立ち上がることすらできない。

「うるせー！……おめえ、阿磨（アマ）をどこへやった！」

阿磨（アマ）と言われた途端、父との会話を聞かれたと悟った。

「聞いてどうする？」

「連れてけえるに決まってる！」

意外な返答に妻(ロウ)は驚いた。妹の帆々(ホホ)を連れて帰るというのならまだ分かるが、帆々の名は出さず、阿磨(アマ)だと甲呂魏(コオロギ)は言う。

「おまえ……阿磨(アマ)を好いておるのか？」

少し小馬鹿にしたような口調になってしまったのは仕方がない。

だが、甲呂魏(コオロギ)の返答は意表を突くものだった。

「阿磨(アマ)が、わいを好いておる」

呆気に取られた。

真面目に言い張るその心中が馬鹿らしくなった妻(ロウ)は、嘲るように高笑いを放った。

「うわっはっはっは！　馬鹿も休み休み言え。ならば、阿磨(アマ)は何故村から出たのだ？　おぬしを好いておれば、村にいたのではないか？　ああ？」

すると、怒りに燃えた甲呂魏(コオロギ)が声を荒らげた。

「おめえがみんなを連れてっちまったんだろうよ！　おらあ、知ってるぞ！　主もグルだったとはよ」

やはり先ほどの会話を聞かれていた。だが、邑の場所を突き止めていないから、甲呂魏(コオロギ)は妻(ロウ)の後を付けるしかなかったのだ。

「そうか、聞き耳を立てておったのは、甲呂魏（コオロギ）であったか」

「……言いふらすからな」

足を咬まれてなおも、今にも飛び掛かってきそうな山犬が至近距離で待機していれば、震えるばかりで対処方法すら浮かんでこない。しかし、だからといって黙っていられない甲呂魏（コオロギ）は、子ども騙しにもならない捨て台詞を吐くしかなかった。

「ふんっ」と鼻で笑った婁（ロウ）は、「だからどうした？」とばかりに甲呂魏（コオロギ）を見下ろしている。

「好きにすればいいが……そうだな、今はちと間が悪い。ケハヤ……」

婁（ロウ）は「行け！」という仕草をした。

婁（ロウ）の再びの合図を受け、ケハヤが甲呂魏（コオロギ）に飛び掛かった。

「やめろっ、やめっ、うわーーっ！」

甲呂魏（コオロギ）が闇雲にもがいたものだから、身体中至る所が傷だらけになる始末になっても婁（ロウ）は静観していた。間もなく甲呂魏（コオロギ）は気を失い、戦意を収めたケハヤが婁（ロウ）の元に歩み寄ってくると、ようやく婁（ロウ）の出番だ。

乱暴に甲呂魏（コオロギ）を背中に担ぎ、今来た道を再び引き返し、そのまま村の入り口に放り出した。

甲呂魏（コオロギ）は身体中の痛みに耐えきれず目を覚ます。辺りは真っ暗闇。身体が異様に熱い。山犬に咬まれた箇所が、膿み始めているのかもしれない。身体中どこもかしこもが痛くて熱い。それに喉が異様に渇く。朦朧としながら暗闇を見つめていると、次第に目が慣れていき、うっすらと周囲の様子が見えるようになった。頭を少し動かすだけでも痛みを感じるが、首を左右に動かしてみると、土壁と柵に囲まれている。どうやら自分が置かれているところは、牢屋らしいと甲呂魏（コオロギ）はぼんやり認識した。

人が動く気配がした。柵の向こう側に立っている牢番らしき男がほんの束の間姿を消したようだが、間もなく戻ってくると、再び甲呂魏（コオロギ）に背中を向け、無言のまま直立姿勢をとった。

「ここはどこだ？……」

身体が痛み、考えることも億劫ながら、なんとか意識を失う直前の記憶を呼び戻す。すると、牢屋に僅かな光が射したのと同時に扉が開き、後光を纏ったかのように誰かが中へ入って来る。甲呂魏（コオロギ）は眩しげに光の方向へ視線を投げ、

「婁（ロウ）かもしれない……阿磨（アマ）の居場所が掴めるかもしれない……」

という期待が過った。光を遮るように手を翳し、歩み寄ってくる人物を確かめる。残念ながら、甲呂魏（コオロギ）の期待は無残に打ち砕かれた。

甲呂魏（コオロギ）は数日前に墳墓造営を放り出し、逃げていた。天皇とやらの墳墓造営は、やってもやっても一向に捗（はかど）らない。この先数年どころか、一生強いられてしまうかもしれない――という

恐れが一気に膨れ上がり、ひたすら堪えてきた我慢が限界を超えた。奴たちが寝静まった真夜中、寝床をそっと抜け出し、着の身着のまま小屋を飛び出した。脱走を取り締まる警備が手薄なことは知っていたから、事は容易過ぎるくらいだった。夜じゅう走った。脇目も振らず走りに走って、村へ辿り着いたのは明け方頃だった。

　甲呂魏（コオロギ）はすぐに村へは入らなかった。逃げたことを知った村の長の危（キ）は、もっともな理由を論（あげつら）って戻るよう促すに違いない。墳墓の仕事は二度とやりたくない。何よりも阿磨（アマ）と離れ離れになりたくない。それにはまず、阿磨（アマ）を捜さなくてはならない。既に村に戻っていれば、早々に阿磨（アマ）を妻にするつもりだ。阿磨（アマ）が助け舟を出してくれれば、甲呂魏（コオロギ）が村に残ることに危（キ）も頷いてくれるだろう。阿磨（アマ）が甲呂魏（コオロギ）を待ちわびている――という自分本位で、幸先のいいことばかり考えながら、隠れる場所を探しつつ微笑んだ。

　甲呂魏（コオロギ）は村が見渡せる高木に登り、目を皿のようにして様子を探った。村は閑散としていた。阿磨（アマ）がいる様子も見られなかった。やはり戻っていないのか、と悔しさで唇を噛んだ時、遠方から畦道を通る集団が村に向かってくる様子に気が付いた。仰々しい集団で、そのうちの一人は馬に跨っている。みるみるうちに村へ辿り着くなり、歩みが一旦止まる。そこで馬に跨っていた者が下りた。集団に注視して気が付かなかったが、いつの間にか村の入口で待ち構えていた危（キ）が、馬から下りた男を促し、待機する者数人を置いたまま、危（キ）と男二人が歩きだし、危（キ）の家屋へ入っていく。

促された男二人に甲呂魏（コオロギ）は見覚えがあった。墳墓造営中、甲呂魏（コオロギ）に声を掛けた不比等という貴族。片割れが不比等に付いていた緒佐可（オサカ）という偉そうに振る舞う側近。

「なんだ、あれ？……」

訳も分からずに困惑していると、今度は村の裏手側から婁（ロウ）が来た。

「婁（ロウ）だ……生きておったのか……」

甲呂魏（コオロギ）よりも婁（ロウ）の方が年長だが、女に対してぞんざいな態度しかとったことがない男は、見下した物言いになる。

「おなごのくせに、随分勇ましいなりをしておる……」

婁（ロウ）は周囲を警戒しながら、先ほど不比等が入った危（キ）の家へ躊躇（ためら）いなく入った。

「どういうことだ？……婁（ロウ）と不比等は知り合いか？」

接点などないはずの婁（ロウ）と不比等が同じ屋根の下にいる目下の状況に、甲呂魏（コオロギ）は混乱していた。すぐにでも危（キ）の家へ駆け寄り、聞き耳を立てたかったが、村の入り口で待機している男たちが周囲を隈なく警戒している状況では動けそうもない。

実際は一刻も経っていないのに、甲呂魏（コオロギ）には長過ぎるくらい悶々とした時が過ぎた頃、ようやく婁（ロウ）が家から出てそのまま裏から森へ消えてしまった。その後、暫くして不比等と緒佐可（オサカ）が家屋から出ると、二人は脇目もふらず去っていった。危（キ）はいつまで経っても家から出てはこなかった。

その夜、甲呂魏（コオロギ）は木の根元で寝て過ごし、翌早朝から再び村の様子を観察した。いくら考えても、婁（ロウ）と不比等の繋がりに見当がつかなかった。昨日婁（ロウ）の後を付けようかとも思ったが、時既に遅しで、あっという間に婁（ロウ）の気配は消えていた。だが、婁（ロウ）が危（キ）の家を訪ねるのは頻繁な様子だった。だったら、危（キ）は婁（ロウ）の居場所を知っているのかもしれない。そんな微かな一縷の望みに縋り、待つことにしたのだ。

ちょうどその頃、不比等の元に甲呂魏（コオロギ）が消えたという一報が入っていた。二日前の夜から姿が見えなかったが、周囲は気にも止めていなかった。一晩くらい寝床を空けることは、奴たちには珍しくないことだ。

だが、あれほど熱心だった男が、仕事に来ないと当然目立つ。守衛が奴の一人に「あやつはどうしたのだ?」と聞く。「昨晩からいませんぜ」と答える。「気に入った女がいたか?」と再び聞く。「いやぁ、あいつにはいませんぜ」と答える。

短い問答をした直後、守衛が走った。不比等の側近緒佐可（オサカ）へ甲呂魏（コオロギ）がいないと報告した。緒佐可（オサカ）は甲呂魏（コオロギ）が村に執着していたことを知っていたから、即座に不比等に報告したのだ。

「村だ。周辺を隈なく捜索しろ」

そこで緒佐可は、頑強な男たちと猿のような男を使いすぐさま甲呂魏の探索に走った。緒佐可率いる数人の探索団が村に着くなり、入り口の外側に傷だらけで倒れている甲呂魏を危よりも早く見つけた。緒佐可は、猿のような男におなごの邑の様子を探るよう伝え、残りは甲呂魏を抱え、不比等の屋敷に戻った。そして、離れの牢にぶち込んだのだ。

「やれやれ……」

大袈裟に溜息を吐きながら、柵を隔てて倒れている甲呂魏の目前に立っていたのは不比等だった。

「馬鹿な奴じゃ。おとなしく働いておればよいものを……。今雑魚にうろつかれると煩わしゅうてかなわん」

不比等は如何にも面倒くさそうに呟いた。

「おめえ……妻と知り合いなのか？　何故村へ行った？……」

丸三日も、ろくな物を口に入れていないうえ、山犬に咬まれた傷が疼き、起き上がろうとしても力が入らず、声にも力が入らない。

「ほう、見ておったのか」

不比等は微笑みを浮かべながら答えた。

「わいの村だ……けえる場所は村しか……ねえ」

「あまり話すと身体に障るぞ」

労るような内容とは裏腹に、表情も口調もお道化ている。

「おめえ……村を……潰す気だろ……。そんで……いつ……までも……わいらを……働かせるつもり……」

怒鳴りたいのに身体が言うことを聞かない。腹が減っていた。身体中が痛く、顔が歪む。

不比等の表情は全く変わらず、冷たく見下ろしている。

「さあな。よいか、一つだけ言うておく。あまり騒げばこうじゃ」

不比等は己の首に手を横へなぞるように引いた。つまり殺すと言っている。

「ならば……殺せ……」

「心配せずとも、無用になれば、あちらへ送ってやる」

甲呂魏(コオロギ)の命など、不比等には塵・カス以下でしかない。今後妻と対峙(ロウ)していく中で、恩を売ることになる可能性も僅かながら秘めているから、生かしているだけだった。殺す時期を少し遅らせたくらい、どうということもない。殺す前に死ねば、土に埋めるだけだ。

「見張っておけ」

門番にそう言うと、不比等は一瞥もくれずに去っていった。牢屋はまた暗闇と化した。

おなごの邑の夜は長い。夕日が沈む頃、夕餉が始まる。庭に面した間に皆が集まり、共に食事をすることが決まりである。賑やかな夕餉が終わる頃、夜空に変わるのだ。食事が終わると同時に、柳（リュウ）と星（セイ）の役目が待っている。子どもらを寝かしつけるのだ。普段二人は、婁（ロウ）の指示によって雑務を一切していない。けれど、皆が忙しく動く中、何もしないのも居心地が悪い。せめて、話を聞かせながら、寝かせるくらいはさせてほしいと望んだ唯一の雑務である。子どもたちが広間から引き上げた傍ら、室（シツ）と牛（ギュウ）ら、炊事担当が水場で木皿を洗い、他の女たちは寝床の準備をする。

暗くなれば寝る。魚油の灯りは潤うほどにあるわけではない。行商で賄った貴重な資源なのだ。いざという時のために普段は極力使わないようにする。その代わり、朝は明るくなる前に起きて働く。これが、おなごの邑の日常である。

不比等との対面から数日過ぎたある夜、臨月の房（ボウ）に陣痛が始まった。いつ生まれてもおかしくない時期を迎えており、その日は、昼頃から大きく迫り出したお腹がいつも以上に張り、時々鈍い痛みを感じていたが、事を荒立てたくない気持ちが先走り、房（ボウ）は我慢していた。生まれるかもしれない、という思いが過っても口を噤（つぐ）んでいた。夕餉の頃になると痛みの頻度が増え、痛みと和らぐ間隔が短くなる中、痛さを堪え、食事を摂ったのだった。

確実に陣痛は始まっており、寝床へ就いた小半刻、堪えきれない痛みが襲い、とうとう声を上げてしまった。

「うう……」

激痛が襲ってくると、痛さに加え、呼吸も苦しい状態になっていた。当然ながら、房の異常をいち早く察知したのは牛だった。明るいうちから主の表情がすぐれないことにもすぐに気付き「どうなさいました？　腰をお揉みしましょうか？」と、何くれなく度々声を掛けていた。けれど房は「なんでもないわ、牛は心配し過ぎよ」と固辞するものだから、皆の手前、それ以上粘るわけにはいかなかった。

就寝する時、主の苦しげな表情を認めると、我がことのように胸が苦しくなっていたのだ。そのような事態だったわけだから、暗闇の最中でも「待ってました！」とばかりに、ガバッと起き上がるや否や、主へすり寄る。

「おひい……房様！　生まれるのですか⁈　苦しいのですか⁈」

緊急事態では、ここがおなごの邑で、皆平等で、同志云々はさておき、牛にしてみれば、側女の意地が出しゃばる。主、命になってしまう。常日頃は周りを気遣う性分も、全てを忘れてしまったかのように声を潜めてはいられない。

「……牛、生まれそう」

房の額には脂汗が浮いている。苦痛に顔を歪めながらも、どこか満ち足りているようだと、牛の目に映った。

「承知！」

すかさず頷くと、動物の目のように寝床がひしめく闇に目を光らせた。周囲を憚らない牛の声で既に異常を感じ取った心と婁は、半身を起こしていた。二人へ、牛が幾らか控えめに声を掛ける。

「房様が産気づかれました」

心得たとばかりに立ち上がった心が、牛に頷く。婁はすかさず奥へ走った。すると、ざわつき始めた気配に気付いた参も起き上がり、続いて觜、奎、他の女たちも起きてしまった。柳と星は、書庫になっている部屋で貴重な魚油を使い、書物を読んでいる頃だった。婁がどれほど二人に敬意を払っているのかが、よく分かる。何枚もの灯皿を重ねて戻ってきた婁は、一つの灯皿に魚油を垂らし、熾火で点け牛へ渡す。参と室は、急いで竈へ行き、湯を沸かし始める。壁と尾が皆の寝床を隅に押しやった。婁は、房の寝床の周りに幾つもの灯皿を置き、火を灯す。房の不安を少しでも紛らわそうと、みんなの表情が見えるように必要以上に明るくした。そうこうしてる間に、房の痛みの間隔がより短くなり、

「つっ……くっ……」

一層苦しそうに身もだえする。心は薬師だが出産の経験はない。柳、星、婁もない。まだ少

女の名残がある尾、壁もない。出産経験のある女が周囲を固めた。参と室が、湯桶と飲み水を抱え竈から戻ると、湯を沸かす役目は尾と壁らに任せた。奎、角、觜がぼろきれを房の寝床にまんべんなく敷き、既に用意しておいた子ども用の衣と襁褓も、寝床の横へ準備する。陣痛の間隔が短くなり、いつ生まれてもいい状況に差し掛かる。

参が産婆の役割を担い、音頭をとった。「いきんで！」と、声を上げると四人が声を揃えて「うーん！」といきむ真似をする。そうやって房にいきむタイミングを教えた。心が房の気力を持続させるための薬湯を作り、牛へ手渡す。

「おひい様、さあ、これをお飲みくだされ」

今にも失神しそうな房の背中を支えながら口元に椀の縁を当て、薬湯を少しずつ流し入れる。すると再び、産道の開きを確認した参が、大声で「はい！　いきんで！」と房を鼓舞する。牛が房の手を握り「おひい様、今です！」と叫ぶ。四人に加え、陣痛の騒ぎに目を覚ましてしまった子どもを連れた柳と星も参加し、声を揃えていきむ。婁も子どもたちと一緒に固唾を呑んで、その時を待っていた。

いきんでも、いきんでもなかなか顔を出さない。痛さで気絶しそうになる房を叩く役目は、角が担った。

「しっかりおしよ！　おっかさんになるんだろ！」

いきみ過ぎて、精も根も尽きている房が、角の荒っぽい励ましに頷き、再び奮起する。房の額から止めどなく溢れ出る汗は、牛が懸命に拭っている。

いきむ号令が十を超えたその時、参が叫ぶ。

「出てきたよ！　あと少し！」

狭い産道を抜けた頭が覗くと、参が補助して道を開いてやる。房の最後のいきみが一層長引いたその時、

「生まれた！」

参が、手の中に小さな赤子を取り出していた。隣で布を広げて待っていた奎に赤子を託し、参はそのまま後産にかかる。奎が鼻の中と口の中に入った羊水を拭い、身体中を拭いているうちに「おぎゃー、おぎゃー」という元気の良い泣き声が上がった。一同わっと声を上げ、喜びに抱き合う。

間もなく、房の後産が始まると「さあ、これで終わりだ。一気に出すんだよ！」という室の声と元気な赤子の声を聞き、生気を取り戻した房が、残り少ない気力を振り絞り、再びいきみ、残った胎盤を全て出し切った。羊水を拭き取った奎が、湯の張った盥に赤子を浸し、角が身体全体を丁寧に洗ってやる。その間だけ赤子は泣きやんだものの、湯から出すと途端に泣き声が炸裂し、その仕草が可愛らしく、微笑み崩れながら奎は素早く布で覆い、後産を終えたばかり

の房（ボウ）の乳房に赤子の口を当てた。

するとと、まだ何も見えていないはずなのに、子が乳首を探り当て、夢中に吸い付く。

「わたくしの……御子……」

房（ボウ）の瞳には涙が溢れ、幾度もその涙が頬を伝っていく。赤子の生きようとする懸命な姿、房（ボウ）の傍らで一緒に涙を零している牛（ギュウ）、周りを取り囲む女と子どもたちの笑顔。誰もが、出産の喜びを分かち合う光景は清く尊く、そして慈しみに溢れ、真夜中でありながら、夜明けの朝日に劣らないほどの漲る力が充満していた。

赤子は男の子だった。名は「斗（ト）」。知識を知恵が生かす、という思いが込められている。

翌日から、子どもたちが暇さえあれば赤子の様子を見ようと、どこからともなくやってくる。どの女たちも出産から遠ざかっており、乳が出るのは房（ボウ）しかいないものだから、母乳が出やすい芋や滋養のある食べ物をふんだんに食膳に載せた。房（ボウ）が疲れてはいけないという大義名分で、誰もが代わる代わる赤子の世話を買って出る始末で、結果、皆が赤子の母親代わりの役目を担ったようだ。斗（ト）を中心として、邑の女たちの気持ちが一つになり、誰もが明るい未来を夢見る。

おなごの邑を守り切る——という婁（ロウ）の決心は、房（ボウ）の出産でより強固になったのは確かであった。

変化と異変

不比等との約束の日、婁は早めに出向き、父へ房の出産を告げた。父は大層喜んだ後、不比等には決して言ってはならないと指図することも忘れなかった。

「大津皇子様の自害は、都で知らぬ者はない。山辺皇女様は、後を追い既に身罷られておられると誰もが信じておる。都に知れたら一大事だ。ましてや、御子が皇子であれば王家は黙っておらぬであろう。婁、決して漏らしてはならぬ」

父の表情は硬く、厳しいものだった。房の子は、天皇家の血を引いた皇子である。天智天皇、天武天皇の両天皇の血を引いた高貴な皇子。つまり、天皇になれる血統なのだ。大津皇子の母である大田皇女さえ生きていれば、あるいは大田皇女が身罷る運命だったとして、大津皇子がぼんくらでありさえすれば、今頃父母の慈しみを存分に受け、将来を嘱望されながら、堂々と生きる子だったのかもしれない。山奥のおなごの邑の存在すら知らずに生きるはずだった。ただ今の世は、草壁皇子の母・鸕野讃良皇女が絶対の世なのだ。見罷った大津皇子の皇子がいる、と知られたなら、どうなるかは明白である。

当然「言うつもりは毛頭ない」と婁は頷き、その話を終いにした。それよりも、婁が村の入り口に甲呂魏を捨て置いたことを、父が全く知らないと言うのだ。

「ならば甲呂魏はどこへ消えたというのだ？」

父は苦悶の表情を浮かべている。

「不比等様ではなかろうか……」

まさか、と思いつつも、不比等が関わっているとすれば、甲呂魏は既にこの世から消えているだろうと思われた。


不比等は、がっかりしていた。二度目の対面から婁の態度がガラッと変わり、滑稽なほど従順になっていたのだ。「穏便に話をしたい」と確かに言ったが、その通りになるのは、つまらない。むしろ、挑むくらい、撥ね返すくらいの勢いが欲しかった。

必要以上に阿る姿を見せびらかす婁に苛立ちつつ、ならばその魂胆はどこだと考えながら帰路に就いていた。逆に緒佐可は、歯向かってこない婁の態度に満足しており、意気揚々と馬上の不比等へ尋ねた。

「不比等様、甲呂魏をどうなさるおつもりで？」

緒佐可は至って真面目な性格だ。ついでに頭も固く、先を読むことが得意ではない。主の指示がなければ何もできない男なのだ。

「何もする必要はなかろうな。婁はとうに気が付いておる」

「え？　まさか……」

「でなければ、あの変わりようの説明がつかぬ。本日の婁は、まるで道化のようであった。全く……食えぬ奴だ」

不比等の真意を、緒佐可は汲み取ることなどできない。

「所詮女のすることでございましょう」

「婁は女であるが、女ではない」

必要以上の従順さをひけらかした婁の真意が甲呂魏ではなく、房はもちろんのこと、おなごの邑を守るための恭順だったとは、さすがの不比等も気付かなかった。

「なにやら謎かけのようでございますな。私のような凡人には判じ兼ねます」

「あるいは凡人を装っていたのであろうが、わしには効かぬ。あれは化けるぞ」

「まさか……」

婁が、都にいるような女ではないことくらい緒佐可にも分かっていた。あの邑、家屋を一人で造り上げたと聞いた時には法螺だと思い、馬鹿らしくて笑ってしまったが、真実と知った時、言葉を失った。不比等好みの凜とした美しさも持っている。しかし、所詮女がやっていることだ。男と違い力はないし、浅はかだし、くだらないことに拘るのが女だ。男が本気になれば、あのちんけな邑などあっという間に潰せる。潰さないのは、不比等が妻（ロウ）を手に入れるための余興だろうと考えていた。

「化けてからでは遅い。そうなる前になんとしても……」

緒佐可（オサカ）には、都の女のほうがよほど好ましい。所作も装いも洗練されていて、妻（ロウ）とは比べ物にならない。あの色黒さは奴婢のようだとも思う。緒佐可（オサカ）のような凡人には、到底妻（ロウ）の魅力は分からない。

敷かれたレールの上を歩く人生など、不比等にはあり得ない。妻（ロウ）もその類いだ。常に先を読んでいても、その通りに人生は運ばない。災難に見舞われ、苦難を背負っても負けずに突き進む。そして、ようやく高い山を乗り越えた者にしか分からない感動を、妻（ロウ）ならば共感できるに違いないと不比等は確信していた。

角（カク）が「邑を出る」と宣言したのは、房（ボウ）の出産から数日後のことだった。

行商は順調だった。觜（シ）と区域を分け、揉める心配もなかった。角（カク）の気さくな態度に眉を顰（ひそ）める店主は一握りで、概ね気に入られていた。実は、そのうちの店主が特に角（カク）を気に入り、妻に迎えたいと望むようになったのだ。

店主の羽鳥は、土師氏の分家の、また分家にあたる。土師氏は王家の墳墓に携わってきた氏族であるが、分家筋は墳墓に関わる装飾品を製造するようにもなっていた。そのまた分家になれば、葬儀以外の装飾品も手掛け、手広くやっていた。角がやってくる日、羽鳥は朝から店を一歩も出ずに待っていた。角は羽鳥の好意を分かっていて、この日が来ると確信していた。

羽鳥には角よりも年上の通う女がいる。しかしその女とは所帯を構えたいわけではなかった。角の華やかさと装飾品を作り出す才能に、これまでの信念が崩れ、初めて妻にしたいと望んだのだ。

「もうこの気持ちを抑えきれない。妻になってほしい……」

角に気持ちを打ち明けたのは、訪いだしてから三月ばかり過ぎた頃のことだった。姿を認めるや否や、すぐさま店の裏手へ連れて行き、角を抱き締め思いの丈を伝えた。

「わたしで、いいの？」

角が上目遣いをしながらそっと呟く。色香を放ち、甘え上手の女を演じる。おなごの邑では絶対に見せない角の必殺技である。例に漏れず、羽鳥も角の色香にメロメロになってしまい、きつく、きつく抱き締める。

「ああ、今日の小物は全てわたしが贖うから一緒にいておくれ。一刻の時も惜しいのだ」

角（カク）がどこの者で、どこからやってくるのか知らないが、毎回忙しげに帰路に就く。

ある日「遅くなるわけにはいかない」と常の口癖を呟いた時、「おまえは美しいから、夫がやきもきしているのだろう？」と冗談めかして言ったことがある。けれど角（カク）は、「そんなお人など、いません」と否定した。

常々休んでいきなさいと言っても、角（カク）は頑なに拒んだ。嫌がっていないのは角（カク）の態度で分かる。だから解せなかった。何か事情を抱えているのかもしれない。事情が分かれば、少しでも楽になるよう手を貸してやりたい。惚れた女のためなら、何だってしてあげたいと思うのが大抵の男の心理であり、狙った獲物には、そうなるように仕掛けるのが角（カク）なのだ。

角（カク）は返事をせず、羽鳥（ハトリ）の胸に身体を預けていた。「黙」は了解の印である。欲望を抑えきれない羽鳥（ハトリ）は、そのまま寝所へ連れていこうとする。

「待って……」

角（カク）は抗った。

「いやかい？」

「いいえ。わたしも、主様を心底愛しいと思います。でも、今はだめ」

「何故だい？」

「少しだけ待ってください……すぐですから……」

そんなやり取りをした夜、邑に戻った角（カク）が婁（ロウ）に願い出たのだ。

「わたいを好いてくれる人が現れたんだ。大事にするって言ってくれた。都で暮らしたい。わたいには都が性に合っているのさ」

今後もおなごの邑の小物は優先的に引き受けることや、邑の存在も明かさないこと、都の流行を教えるとも言う。

かくして、房（ボウ）の期待は無残に散った。角（カク）は己の才能より、男と暮らす道を選んだのだ。

「そうすりゃ、邑の懐も潤うだろ？　悪いようにはしないからさ」

なんとか穏便に済ませたい一心で、阿る（おもね）言葉ばかりを連ねていく。

この邑で暮らしていれば、世情には疎くなるのはやむを得ない。唯一下界と繋がっている父は、流行りにはからっきし弱い。もしも婁（ロウ）が首を横に振っても、果たして角（カク）は留まるだろうか。

それはあり得ない。むしろ、お喋りな角（カク）を敵にする方が、危険値が高くなるだろう。

「胃（イ）はどうするのだ？　連れていくのか」

「……ここに置いてもらえないかい？　わたい、未婚てことにしているから……。それにさ、胃（イ）だって、わたいと行くよりも、ここにいた方が幸せさ」

実際、角（カク）の女児、胃（イ）は活発になっているのだ。奔放な女を母に持った胃（イ）は、赤子の頃から放っておかれたためか、言葉を発するのも遅く、ぼんやりしている子どもだった。邑で暮らすようになり、常に誰かしらが世話を焼き、姉妹のような友もできたおかげで変貌を遂げている。幼い胃(イ)にはこの邑の暮らしは幸いだった。

「そうだろうな……」

眉を顰(ひそ)め、呆れた表情を浮かべた婁(ロウ)が呟いた。

「くどいようだが、この邑のことは、絶対他言無用。それが条件だ」

婁(ロウ)の真剣な表情にも動じず、「分かってるよ」と角(カク)は笑って受け流し、慌ただしく邑を出て行った。

　不比等との面談を重ねながら、意図的に女たちの詳細には触れずにいたものの、婁(ロウ)は子どもたちのことは躊躇(ためら)わず話すことにした。特に、翼(ヨク)と張(チョウ)については能弁になった。二人の成長速度は凄まじい。身体の方はまだ幼さが拭い切れないが、知能が身体の成長を奪っているかのように、あれよあれよと吸収していくのだ。柳(リュウ)や房(ボウ)の教えが功を奏しているのは否めないにしろ、身体を動かすことより、思考することを好んだのも影響している。何度も言うが、翼(ヨク)も張(チョウ)も男である。いずれ二人は、邑を出ていかねばならない運命である。不比等との繋がりができた今、これまでは危(キ)へ託そうと考えていたのだが、不比等へ託したい気持ちが沸々と湧き上がっている。それが不可能ならば、都の知人でも構わない。

そんな願いもあって、婁（ロウ）は二人の話題ばかり挙げていたのだ。

「婁（ロウ）殿、翼（ヨク）と……張（チョウ）と申したかな、その二人を、わしの手元に置くことはできるが、その気はあるか？」

期待通りの申し出である。嬉しくて、有り難くて、素直になるのは慣れていないし、何となく決まりも悪いが、その言葉を待っていた婁（ロウ）は、一気に表情が華やいでしまった。慌てて元の厳めしい表情を取り戻すものの、婁（ロウ）の百面相を目の当たりにした不比等は苦笑を浮かべている。

今さらではあるが、厳めしい表情を必死に作り、冷静に口を開く。

「二人は、いずれ邑を出ていかねばなりません。恥ずかしながら、都に伝手（つて）などございません。不比等様の元で励むことができれば、二人は喜びましょう」

不比等は何度もうんうんと頷きつつ、いつもの悪い癖が出る。

「邑の女を、娶（めと）らせぬのか？」

おなごの邑への思いを十分分かっていながら、敢えて聞いたのだ。つまりは勿体つけている。その挑発には乗らず、婁（ロウ）は至って冷静に対処した。

「二人はそれを望んでおりません。あの子らは未知の世界への好奇心の方が優っております」

「邑の存続はどうなる？」

今後、後見していく立場なら知る必要がある当然の問いである。

「次の世代まで考えておりません。あの邑は……続かない方が良いのです」

婁（ロウ）はそう答えた。

邑に固執している頑固な女だと思っていた不比等は、意表を突かれ、返す言葉を見つけられなかった。

ほんの束の間、静寂な時が流れた。

「ならば、わしの方ではいつでも構わぬ故、良き日に寄越されよ」

突然、不比等は立ち上がったかと思うと下知するよう言い切り、その日の面談は唐突に終わりを迎えた。

山育ちの子どもの行く末など、不比等にはどうでもよかった。売る恩というのも売り時があり、時を逃すと価値はない。邑の存続云々は気になるところだが、婁（ロウ）に頼られたのは初めてで、久しぶりに胸が高鳴る新鮮な気分を齎してもらえたのだから、まあ、良しとしよう。婁（ロウ）の歓心を引く絶好の機会であることに間違いはない。だから引き受けた。そして、引き受けるからには徹底的にやる。この貸しは、数倍にして返してもらうのだ。

当然、翼（ヨク）と張（チョウ）は即断で都に行くと答えた。角（カク）への念押しを再び二人に告げる。

「よいか、邑について聞かれても、決して何も答えてはならない。知らんわからんを繰り返せ。わかったな」

二人はコクリと、同時に頷いた。

一方、甲呂魏（コオロギ）は用済みと見なされたのか、阿磨（アマ）との対面も叶わず、翼（ヨク）と張（チョウ）を不比等が迎える直前、緒佐可（オサカ）によって殺された。

邑から角（カク）、翼（ヨク）、張（チョウ）が去った。けれど、斗（ト）の誕生が皆の寂しさを埋め、賑やかな暮らしが続いていた。もっとも、畑の仕事や食べ物の調達など、日々の忙しさに追われ、物思いに沈む暇もないというのが、現実である。

そして婁（ロウ）は、不比等に心を許し始めている。婁（ロウ）が認めている男は、怪羽矢（ケハヤ）と父だけだ。そこに、少々異端な不比等が加わったのだ。

不比等は、生まれながらにして、主としての素質を持つ。勤勉家で、博識で、何より知恵者で弁が立つ。面談を重ねるごとに、憎らしいより頼もしく感じる方が優るようになっている。優柔不断さは微塵もなく、常に即断即決で、婁（ロウ）の気性と、妙に合致する。

さて、だがしかし、この二人には決定的な違いがあった。

一人は男、一人は女。男は変化を好み、女は変化を嫌う気性であろう。男の不比等は、婁（ロウ）の思惑と違い、陰でしっかり動いていたのだ。もちろん、不比等本人が動くわけではない。代わりに猿のような男に、常に邑の様子を探らせ逐一報告させていた。

子どもの誕生や、引き取った翼(ヨク)と張(チョウ)の他に、邑を出ていった女のことは、猿の報告で知っていて、知らぬふりをしていた。幸いなことに、生まれた子の母が山辺皇女という衝撃の事実だけは、猿には知る由もなかった。

不比等が根気強く、懇願に懇願を重ね、ようやく鎌足の築いた邸宅に婁(ロウ)を招いたのは相見えた日から半年が過ぎていた。

当時の都で、不比等の父・鎌足の活躍を知らない者はいない。まだ王家に君臨する以前はしがない都人の一人に過ぎない男だったが、あれよあれよと昇進していき、それと共に家屋敷も立派になった。

鎌足は「壬申の乱」時には既にこの世を去っていたが、藤原家は黙認する立場を貫いたおかげで罰せられることはなかったものの、天智天皇の子、大友皇子側寄りと思われても仕方がない履歴のために、官位から遠ざかる立場に追いやられていた。官位はないに等しいが、家屋は残り現在に至っている。

不比等の懇願に、婁(ロウ)は何度も頭を振り拒んできた。頑なだった婁(ロウ)を、やっと説き伏せることができたのも、翼(ヨク)と張(チョウ)の住まいを親代わりとして確認する必要があるだろうというもっともな理由で説き伏せ、やっと叶ったというわけだ。

豪勢な食事でもてなし、贅を尽くした続き間を披露し、高価な絹羽織を与えようと試みた。

けれど婁は、食事にはほとんど手を付けず、余るほどある続き間にはどこか冷めた視線を向け、高価な衣は、手に取ることもしなかった。一刻も早く邑へ戻ろうと立ち上がる婁を引き止めるのに苦労しただけだった。

不比等の思惑は外れた。誰も山奥で暮らすことなど望んでいないだろうと先走っていたのは男の不比等で、女の婁は今の暮らしを望んでいたのだ。笑う日々の有り難さを知っている婁の気持ちを汲む器量は、今が万全でもまだ足りず、それ以上を求める男には、分からなかったということだ。

しかし不比等という男は諦めの悪い男である。そもそも後退など念頭にない。都に招いた時の婁は、洗練された女たちの中で強烈な美しさで他を圧倒した。決して不比等の周囲に侍る女が醜かったわけではなく、むしろ器量は最良の部類に入る。婁が美し過ぎたわけでもない。顔形よりも、媚びない美しさとでも言おうか、信念を曲げない意志が、他の女たちを霞ませてしまったのかもしれない。

既に不比等は、婁に対しての興味が愛情に変わっていることを自覚している。

異変の発端は、邑を離れた角だった。

おなごの邑を去ってから、もうすぐ一年を迎える初夏の頃、角は羽鳥の妻になり、店へ出て小物を売っていた。店の品物の中には、角の作った装飾品も、邑から届いた籠細工や織物などもある。元々羽鳥の店は、渡来物の日用品から高級品を主に扱っている。地方から都に仕事でやって来た人々がお土産を贖う店である。

　ある日、店の客として、何も知らずに角の元夫が店の暖簾を潜った。店で働いていた角は、元夫と気付かず「おいでませ」と明るく声を掛けた。店先には、誰でも購いやすい日用品を置き、奥に進むにつれ商品の値打ちが上がっていく配置にしてある。男は店先に並ぶ女性用の髪飾りを見繕っていた。男の顔はよく見えなかった。髪飾りを手に取り、真剣に見分している様子は横顔で、屈みこむ姿が全体像を暈してもいた。

　元夫の名は木津津木と言うが、彼から逃げて四年が過ぎようとしている。身だしなみはさっぱりとしており、頑強な体格が、あの頃の木津津木ではなかった。好いた女への贈り物を探す男としか判別できずに、角は気軽に声を掛けた。

「贈り物でございますか？　よろしければお手伝い致しましょうか？」

　何気なく声を掛けた。女への贈り物なら得意分野である。普段から贈り慣れていない様子が見て取れ、いじらしい気持ちもあった。だが、男はその声を聞いた途端、声の主を確かめるように顔を上げた。男は暫く固まったように驚愕の表情を浮かべていたが、突如、わななと震え出す。すると、突然角の手首を摑んだかと思う間もなく、店先から角を連れ出した。

角は、突然のことで何が何だか分からず、声を上げることもできなかった。木津津木は店から少し離れた家屋と家屋の隙間に角を連れ込み、逃げないよう抱え込んだ途端、怒気を孕んだ声を浴びせる。

「おめえ、こんなところで何をしている！」

この凄んだ声の持ち主を、角はよく知っている。刹那、全身から力が抜けていった。遅きに失し、ようやく元夫の木津津木だと気が付いたのだ。木津津木の腕に、一層力が籠もる。角の背中を覆うように木津津木が腕を掴みながら抱え込んでいる。角の耳には獣のような荒い息遣い、背中には荒い振動が直に伝わってくる。

「痛い……痛いよ……放して……」

恐怖で全身の震えが止まらなかった。

「うるせえ！　おめえにゃ、言いてえことが山とある！　何でこんなところにいんだよ！」

凄むと同時に、角の首を絞め始めた。

「たの……むよ……放して……息が……できない……」

締め上げられた角の手は背中に回され、首を絞められた体勢は反ったようになり、息も絶え絶えになっていく。

「知るか‼　オレの苦しみに比べりゃ、こんぐれえ屁でもねえ‼」

角(カク)の思考回路も狂い始めていた。婁(ロウ)との約束よりも、助かりたいという本能だけに占領されてしまっていた。

「話すから……お願い……放して……」

「しゃれた格好までしやがって！　えっ？　誰だ？　誰に貢いでもらった！　答えるまで放さねえ!!」

　結局木津津木(キッツキ)が解き放つまで、角(カク)は聞かれたことに全て答えていた。羽鳥(ハトリ)の妻であることだけを除いて。羽鳥(ハトリ)の店は商い先で、偶々二、三日手伝っていただけだと答えた。おなごの邑については、房(ボウ)と牛(ギュウ)のこと以外何もかも話してしまった。もっとも、木津津木(キッツキ)に話したところで、男らに都の皇女の尊さは分かるまい。木津津木(キッツキ)の力が緩んだ途端、あらん限りの力で振りほどき、その隙に脱兎の如く逃げ出し店の中へ駆け込んだ。羽鳥(ハトリ)に気付かれてはならない。だから、逃げ込んだ直後、急いで厠(かわや)へ飛び込んだ。そこで息を整え、何食わぬ顔を装い、なんとかその日はやり過ごしたが、冷静になって時が経つごとに、得体の知れない恐ろしさが角(カク)を覆っていった。

　おなごの邑の存在は決して言わない――という婁(ロウ)との約束を破ってしまったのだ。一刻も早く、婁(ロウ)に知らせなければいけないと思うものの、保身も捨てきれない。だから、そのままずるずると何も言わないままになっていた。羽鳥(ハトリ)には「身体の調子が優れない」という言い訳を作り、店に出なくなった。そうこうしているうちに十日が経った。觜(シ)が行商で店へ来た時、これ以上苦悩を抱えていることに耐えきれず、思い余って告白した。いつでも、どんな時でも表情を変えない觜(シ)が蒼ざめた。「もしや、わたいはとんでもないことをしてしまったのかもしれない」という後悔が角(カク)を一気に襲ったが、時既に遅しである。

「ともかく、急ぎ婁(ロウ)へ話さなければ」

そう言うなり荷物を捨て置き、觜(シ)は視線を一瞬だけ角(カク)へ投げると、そのまま出て行った。

木津津木(キツツキ)は、肌に馴染んだ女郎を真剣に口説く手段として贈り物を購いに来たのだった。情けのかけらもない金の関係は悪くないが、その女には特別な感情が湧き起こり、女からの情けが欲しくなった。そこで「ヨイ」を見つけたのだ。

角(カク)の元の名は世委(ヨイ)という。世委(ヨイ)はまるで別人になっており、都の女のように洗練されていた。最初は気付かなかった。声と話し方に憶えがあり、もしかしてと、よくよく確かめて気付いたのだ。その瞬間、忘れていた怒りが蘇り、すぐさま行動に出ていた。

あれから木津津木(キツツキ)は女郎部屋に足を向ける気がなくなり、村の男たちへ事の経緯を話した。皆、夢から覚めたような表情に変わり、それから誰もかれもが怒りを顕わにした。男らの中には、邑の女の父、夫、兄弟ばかりでなく、怪羽矢(ケハヤ)の父、兄弟もいた。

息子が殺されたのは婁（ロウ）のせいだと、怪羽矢（ケハヤ）の父羽矢手（ハヤテ）は思っていた。なまじ知識がある女に情を寄せてしまったがために、村で浮く存在になってしまったと考えていた。男を欺き、女たちを引き連れていった婁（ロウ）が、何もかも全て悪い。女ごときが、男を見下すなどあってはならない。そんなふうに育てた婁（ロウ）の父・危（キ）に対しても同様だ。あの親子が、我ら全員を騙し、村を目茶目茶にしたのだ。あの村で暮らしていた頃は天国だったと思い出した。天国から地獄へ落とした婁（ロウ）を、許すわけにはいかない。

わいらの女を奪った婁（ロウ）を、生かしてはおけない。誰もがそう口を揃えた。幸い、数年間に及ぶ力仕事で身体は頑強になっている。一人ではなく、集団で乗り込めば怖くない。集団で働いてきた男らは、集団の強さを知っている。男らにも知恵がついている。恐らく女たちは、既に世委（ヨイ）から聞き及び、防御策を立てているか、あるいは逃げているかもしれない。けれど婁（ロウ）は逃げないだろうと確信している。挑んでくることはあっても逃げるような、柔（やわ）な女でないことも知っている。ただ乗り込んでは馬鹿を見る。下手に手を出し、藪蛇（やぶへび）になるのはご免である。必ず、我らの女を連れて帰るのだ。標的は婁（ロウ）のみ。婁（ロウ）を誘（おび）き寄せて殺す。それで決まった。

おなごの邑に家族のいない男、都に完全に根を下ろすつもりの男数人を除き、復讐を誓った男らは、觜（シ）の夫鈍栗（ドングリ）、阿磨（アマ）の父加馬（カバ）、帆々（ホホ）の父句季（クリ）、心（シン）の夫史刻（シコク）と父也荷（ヤニ）、室（シツ）の夫四々（シシ）と父宇（ウ）田千（タチ）、奎（ケイ）の父査胃留（サイル）、角（カク）の夫・木津津木（キツツキ）と父天（テン）、怪羽矢（ケハヤ）の父羽矢手（ハヤテ）、長兄の矛呂（ムロ）と兄弟たちも便乗し、総勢二十人を超える大集団になった。

男たちの復讐

不比等の家来の緒佐可(オサカ)が墳墓造営の護衛役から不審な一件を聞いたのは、それから数日後のことだった。

「何？　奴らが足らない？」

「え、ええ。流行りの病が蔓延しているという話は聞きませぬが、度々奴が仕事を休んでおります」

「何人だ？」

「日によって違いますが、二人でございます。一人の時もあります」

「同じ奴か？」

「いえ、翌日は出ております故、同じではありませぬ」

「それなら問題なかろう」

「はあ、ですが、冬でもないのにこう度々休まれると、工期が延びますし、他の奴から不満も出始めておりまして……」

「ふむ……」

休養を取れば治る病だろう――緒佐可（オサカ）は、それほど深刻には捉えなかった。近いうちに全員が回復するだろうと判断し、奴らの素性は聞かず、不比等にも伝えず、十分休養を与えるよう指示を出すだけだった。

度々仕事を休む奴とは村の男らで、おなごの邑の様子を探っていたのだった。具合が悪いと嘘を言い、山へ行っていたのである。不審に思われないように、日ごと探索する男を変えた。翌日は、何食わぬ顔で作業に出ているから、緒佐可（オサカ）の指示通り、護衛役も警戒しなかった。

奴らは、度々女を抱く専用の店へ夜ごと足を運んだ。そこで作戦を練っていたのだ。

リーダーには怪羽矢（ケハヤ）の長兄矛呂（ムロ）が選ばれた。矛呂（ムロ）は野蛮な男の典型で、目端が利く男だ。矛呂（ムロ）に睨まれれば誰もが黙る。矛呂（ムロ）にも妻がいた。だが、身籠もった妻を蹴った時、打ちどころが悪く子ども諸共（もろとも）死んでしまった。

矛呂（ムロ）はなんとも思わなかった。言うままに動かない妻が悪いと思っていたが、妻の親には嘘を言った。具合が悪い日が続いていて、その夜遅く高熱を出し、そのまま呆気なく死んでしまったと誤魔化した。そんな嘘も世渡りには必要だから、後ろめたさなど微塵も感じてはいなかった。
怪羽矢の母親を死に至らしめたのも矛呂が原因である。怪羽矢が亡くなった直後、泣き暮らす母親にいい加減うんざりし、弱っていた身体をしこたま殴った。呆気ないくらい簡単に死んだ。怪羽矢の父羽矢手は何も言わなかった。怒るどころか、女の弱さに辟易していた羽矢手は、ホッとしていた。

夫以外の男に犯され続けていた觜こと左委を痛ぶっていたのも矛呂だ。矛呂に手加減という言葉はない。何事も徹底的にやる。それが矛呂だ。邑の様子を探ってきた結果は矛呂に伝えられる。矛呂が作戦を練る。唯一矛呂が侮らない相手の父羽矢手にだけ、判断を仰いだ。

木津津木は矛呂の指示で世委の動向を窺っていた。世委の店を遠くから探っていたが、一向に姿を現さない。あの日は、たまたま店を手伝っていたらしいと矛呂に報告した。だが矛呂は頭を振ったのだ。「世委は邑に住んでいないだろう。垢抜けている女が、山奥で暮らしているはずがない」と、木津津木を小馬鹿にするよう言い放った。腹が立ったが、矛呂には敵わないと自覚している木津津木は、指示通りに動くしかなかった。ただ短気なだけの木津津木に作戦を練る頭脳などない。吉報を齎してやった自分を立てようともしない矛呂のことが気に食わなくても、世委を取り戻すためには従うしかなかった。

世委はなかなか姿を見せない。日中は墳墓の作業があるので、張り込むのは辺りが暗くなってからになる。夜に女が出歩くわけもない。無駄足だと矛呂に言い募ったが無駄だった。

「勘弁してほしいぜ……身体がボロボロじゃ……」

そんな独り言を呟く始末だった。毎晩睡魔に襲われ、気が付くと眠っている。けれどうたた寝くらいでは、肉体労働の疲労は溜まる一方だった。世委を見つけた日から、およそ半月が経ったある夜、木津津木はようやく報われた。

恐る恐る外を窺いながら、世委が家を出ようとしている。どこかへ出掛ける身支度である。足をもつらせながら慌てて駆けだした木津津木は世委の背中から覆いかぶさり、あっという間に口を塞いだ。そのまま腹部に拳を打ち込む。思いのままになった世委の身体を肩に担ぐと、木津津木は矛呂が女郎に与えた貸家へ向かった。


邑に戻った鴲から話を聞いた婁は念を押す。

「それは……まことだな」

鴲は黙ったまま首を縦に振り、次いで「邑はどうなるの？」と、縋るように婁へ顔を向けた。

「わしの他に知っている者は？」

鴲は首を横に振る。

「そうか……觜が他言するとは思うておらぬが、もう暫し黙っていてくれ……」

「……邑は?」

同じ問いだと分かっていながら、問いかけずにはいられなかった。觜にはこの邑しか居場所はない。生きる喜びと張り合いを生まれて初めて知ったこの邑が、喜びの一かけらも与えてはくれなかったあの村の男らに侵略されたなら——その先は絶望が待っているとしか思えなかった。けれど、婁の表情はみるみる陰っていくばかりで、ようやく、

「……時をくれ」

そう答えると、柵から外へ出て行った。婁の背中が、まるで一回りも縮んでしまったかのように觜には見えた。

外に出た婁の後ろには、異変を感じ取ったケハヤが付いていた。婁から離れまいとするかのように、ピッタリと寄り添うように従っている。

「ケハヤ、走ろう」

そう言うと、婁は走りだした。それに応えるように一声だけ吠えたケハヤも駆けだした。草木が生い茂る中を、ケハヤは器用に飛び跳ねながら避けて走る。林立する大木や小木が婁の行く手を遮るが、ケハヤの後を懸命に追った。いつしか婁は、無心になっていた。額から落ちる汗が、悶々とした気持ちを取り除いていくかのように、心が軽くなっていた。

「ふう……気持ち良かったな」

二上山の頂上だ。先を走るケハヤに、無意識に山の頂へ向かうよう指示を出していたようだ。もう暫くすると太陽が沈む頃合いだった。夕風が火照った身体を癒していく。都を見渡す位置に腰を下ろす。ケハヤが近寄り、妻(ロウ)の顔を舐め始めた。くすぐったくて、ありがたくて、思わず笑顔になった妻(ロウ)は、ケハヤの背中に手を回し、わしわしと何度も何度もケハヤを撫で回した。

「既に心は決まっていたのにな……迷いが先走ってしまった……」

ケハヤに言っているようで、己に言っているようで、胸の内にいる怪羽矢(ケハヤ)に言っているかのように、遥か遠くへ視線を送りつつ呟いた。荒くケハヤを撫でていた手が、いつの間にか止まっていた。

夕日に照らされ始めた都は、黄金色に染まっていく。

哀愁が漂い始めるその光景を、妻(ロウ)はただ静かに眺めていた。初夏を迎えたこの時期特有の心地よい風が、迷いを払い除けていくかのように、心は徐々に定まっていった。

「……ケハヤ、わしと共に闘ってくれるか?」

徐(おもむろ)に妻(ロウ)は言う。ケハヤは当然だとばかりに「ワウッ!」と、妻(ロウ)に向かって吠える。瞬時にケハヤを抱き締めた。従順にされるがままのケハヤは、顔に纏わりついた妻(ロウ)の長い毛を愛おしそうに舐め、次いで首を舐め、愛してやまない主を慰めた。それはまるで、怪羽矢(ケハヤ)に愛撫されているような充足感を婁に齎した。婁とケハヤの抱擁は夕日が沈むまで続き、このまま時が止まってほしい永遠を望む気持ちを振りほどき、けれどなかなか踏ん切りがつかずに、徐々にケハヤから身体を離していく。あるいは、それはもしかしたら、現世への未練だったのかもしれない。

「戻ろうか」

憂いも迷いも、邪魔だ。ケハヤから離れた婁の眼差しは、見違えるくらい鋭いものになっていた。婁が走りだすと、ケハヤも後に続き、両者は風のように山を下った。

邑に戻ると、既に夕餉は始まっていた。

「婁、遅い！　どこへ行ってた？」参に窘められ、

「悪い悪い、急いで戻ったが、間に合わんかった」

苦笑を浮かべながら答えると、膳の前に座り込み、隣に座る房の膝に抱かれている斗のほっぺを突きながら、「怒られてしもうた」と頭頂部を掻き掻き食べ始めた。まるでいつも通りの婁に、粛はあ然とした表情を浮かべていた。けれど夕餉が済むと、寝床の支度の慌ただしい時を狙っていたかのように、粛のそばまで近寄り、耳元にこう囁いた。

「案ずるな、わしに任せろ」

驚いて凝視したものの、婁の態度は至って通常通りだった。皆と笑い合いながら寝床の支度

をしていた。

最期の願い

　後日、婁(ロウ)は家屋の奥の間へ向かっていた。奥の間は、大抵は学びの間と呼ぶが、都度呼び名が変化する順応性がある場所である。そこは常に柳(リュウ)と星(セイ)がいて、房(ボウ)は斗(ト)が生まれてからは育児に専念するためご無沙汰気味である。婁(ロウ)の姿を認めた星(セイ)は、心得たように立ち上がり、奥の間を去った。どんな些細なことでも、まずは婁(ロウ)、次いで柳(リュウ)に話し、それから星(セイ)へ、そして他の面々へ伝えるのが、暗黙の了解事だった。

「厄介事でも生じましたか？」

　厳粛に端座しているものの、異様な殺気を放つ婁(ロウ)に、柳(リュウ)は戸惑いを覚えつつ問う。

「……はい」

　頷き答える婁(ロウ)は、先を続けた。

「角(カク)が、この邑の存在を木津津木(キッツキ)に明かしてしまいました。都は広いようで狭いのですね。木(キ)

津津木(ツツキ)は何も知らずに角(カク)の店に行ったようです。その場で脅され全て吐いてしまったと……。觜(シ)が行商で赴いた際に全て白状したようですが、わたしはその後邑の周囲を警戒しておりました。柵の近くで鈍栗(ドングリ)、史刻(シコク)、四々(シシ)、加馬(カバ)を認めております。誰かが邑の様子を探りに来ておったのです。いずれ、いや、近いうちにおのこらが攻めてくると思われます。そこで、柳様(リュウ)にお願いがございます」

婁(ロウ)は頭を垂れ、柳(リュウ)の返事を待つ。婁(ロウ)から齎された話が俄には信じられず、返事も憚られた。願いと言われても、老いた身ではどうすることもできないが、婁(ロウ)は黙礼したまま微動だにしない。

「……先を」

そんな言葉しか言えない。

「大事(おおごと)にしたくありませぬ。この邑は何事もないよう暮らしを続けて頂きたいのです。その指揮を、柳様(リュウ)にお願いしたいのです」

柳(リュウ)は呆気に取られていた。婁(ロウ)がいるのに何故？　と思った。

「婁(ロウ)は？　どうするのです？……」

「……闘いまする。邑を守るために、おのこらの先手を取るつもりでおります」

「……闘う？　一人で立ち向かうのか？」

「柳様、お願いでございます。どうぞ、わたしの言う通りにしてくださりませ」

「婁がいなければ……この先どうなります……もし……」

柳が先を続けようとするのを遮るように、婁の声が迸る。

「たとえ！……わたしに万が一のことがあったとして、皆生きる知恵を身につけました。邑を維持していく術はございます」

「それでも……攻められたら……」

「いえ！　命に替えましても守ります！　ですから、安心して暮らしを続けてほしいのでございます」

婁の眼差しは真剣で、必死で、迷いは微塵もなかった。何がなんでも守ると言い張る。しかし女たちの助力は求めない。それどころか、いつも通りに過ごすことを望んでいる。これほど強い意志を込めた懇願を、どうしたら拒むことができるだろうか。

「婁の願い……それはわたくしの願いでもあります。……命がけでお守り致します」

婁がホッとしたように僅かに笑みを浮かべ頭を下げた。束の間、二人は無言のまま、お互いを思い合うように視線だけ絡ませた。そして、婁が再び眦を引き締めると、柳に軽い頷きだけを寄越し、立ち上がって部屋を出た。残された柳は、途端に顔を歪め、肩を震わせながら悔し涙を流し続けた。

それからの婁（ロウ）は、何かに急き立てられるように動き回った。角（カク）の裏切りを聞いた夜から婁（ロウ）は柵と家屋の間に寝床を変えた。ケハヤの隣で横になり、ケハヤが僅かな音や臭いの異変を感じ取りむくりと起き上がれば婁（ロウ）も起き上がり、外へ出るなどして、徹底的な警備態勢に切り替えた。男らが、代わる代わる邑周辺を嗅ぎまわっていることが把握できれば、今は、それで十分である。

その動きが、急にパタッとなくなった。恐らく、地の利を調べ、攻めやすい場所を探していたのだ。あるいは、頑丈な柵に覆われた邑は諦め、攻めるべきは婁（ロウ）だけと、作戦を変更したのかもしれない。だったら受けて立つだけだ。

角（カク）に簡単な文（ふみ）をしたためた婁（ロウ）は都まで走り、店の近くで人を呼び止めて金を渡し、店の女に文を渡すよう頼んだ。これで角（カク）には確実に伝わった。角（カク）は行商に出てから字が読めるようになっている。羽鳥（ハトリ）と知り合い、さらに文字を覚えたはずだ。

【危険、逃げろ。居場所は、追って知らせろ】

という簡単な内容にした。

角（カク）への報せを済ませると、何故か皆の顔をしっかり見ておきたくなった。

邑に戻った婁（ロウ）は、まずは邑の維持管理をしている尾（ビ）のところへ。

「柵の強度をもう一度確認してくれ。この間、隙間を見つけたぞ」

「えっ！　ホント？」

「尾（ビ）は背丈があるから、足元がお留守になりがちだ。屈んでよく見ておけよ。いざという時の大事な砦だ」

「あちゃー、そうなんだよ。つい上ばっかり目がいってさ、下に目がいかないんだ。うん、気を付けるよ」

「頼むぞ」

尾（ビ）は背丈だけでなく恰幅もいい。力仕事にはもってこいの身体なのだ。いつも朗らかで優しく、懐が深い。そんな尾（ビ）も男らに虐げられていた頃があったのだ。

次に最古参のかつての親友のもとへ。

「参（サン）、どうだ？　順調か？」

「見ればわかるだろ、我が子のように大事に育てているよ」

幼い娘を抱き、最初に婁（ロウ）の元へ駆け込んできた頃の面影は既にない。口調も溌剌として、決断力も備わった。作物を大事に育てる器量は邑随一。子どもたちの面倒見も良く、頼り甲斐のある女に成長した。

「そうか、ならいい」

「ふうん……」

婁(ロウ)が満足げに畑を眺める。

いつもと変わらないようで、まるでいつもと違うように、参(サン)には見えた。悟りを得たかのような満ち足りた表情が、どこか淋しく、消えてしまいそうでもあった。

「婁(ロウ)、なんかあったのか？」

参(サン)の問いかけに、婁(ロウ)が笑みを浮かべ頭を振る。

「いや、参(サン)、頼むぞ」

そう答えると、ゆっくりと踵を返し、婁(ロウ)は炊事場へ向かった。

婁(ロウ)を目ざとく見つけたのは牛(ギュウ)だった。

「あら、婁(ロウ)様お珍しい。何かご入用でございますか？」

「いや、本日の夕餉が気になりました」

牛(ギュウ)は目を丸くして突っ立ってしまった。婁(ロウ)が食事の内容を気に掛けたことなど、これまで一度もなかったからだ。

「……ああ、そうなのですね。本日は、青菜と木の実を和えたおひたし、芋の醤煮(ひしおに)、大根(おおね)の漬物でございます」

「牛(ギュウ)殿が加わってから食事が洗練されました。おなごは食事が潤っておれば満ち足ります」

「それは、かたじけのうございます。ですが、室(シツ)様の手際の良さには敵いませぬ」

竈で芋を煮ていた室（シツ）が、あっはっはと笑い声を上げる。

「またまた、牛（ギュウ）は。持ち上げても何にも出ないよ」

そう言って牛（ギュウ）を睨むような仕草をしても、まるで敵意などない室（シツ）に、他の女たち皆の笑い声が重なる。

「婁（ロウ）、どうしたのさ？」

室（シツ）も婁（ロウ）の登場を怪訝に思ったようで、軽い口調で聞く。

「たまには、手伝おうかと思っただけだ。だが普段やらぬことをやるものではないと知った。わしの登場がよほど意外らしい。余計な詮索をされないうちに退散しよう」

「ほんとだよ、何かあったのかと思っちまう」

冗談とも本気とも聞こえる室（シツ）の口調に首を竦め、作業部屋の方へ退散した。

「なんだったんだい、あれは？……」

牛（ギュウ）と顔を見合わせ、室（シツ）が呟いた。

あの様子なら、室（シツ）も大丈夫。室（シツ）がこんなに肝っ玉ぶりのある女だったとは知らなかった。仔（コ）井（イ）と呼ばれていた頃は、出しゃばらず家のことを黙々とこなす女だった。怪羽矢（ケハヤ）が亡くなった後、水場で会った時には、仔井（コイ）の方が常に夫に虐げられ辛いはずなのに、何も言わず婁（ロウ）をただ抱き締めてくれた。ふくよかな身体に包まれた時、心が温かくなった。元々、肝っ玉の素質はあったのだろう。そう思うと自然に婁の顔が綻んだ。

もう、この辺りでやめておこうと思った。感傷を捨てきれずにいたのは自分自身だと気が付いた。一人欠けようと、暮らしは続く。そろそろ溜まっている頃だと思い出し、婁は肥溜めの掃除をすることにした。

山がざわついていた。吹く風が異様に生温い。胸騒ぎが止まらない。気が遠くなるくらい長い夜が、もうすぐ明ける。

夜半から山が騒がしく、ケハヤの耳は始終上下動を繰り返し、異様に利く鼻も忙しなく動き、婁もまた目が冴えるばかりで、睡魔はどこかへいってしまったようだった。明け方、ほんの僅かばかりウトウトし始めた矢先、ケハヤがむっくりと立ち上がる。

「きたか……」

辺りはまだ暗闇が充満している。ケハヤの背を撫でながら耳元に囁きつつ、いざという時のために備えておいた手矢を数本背中に括りつける。

「いくぞ……」

婁はなるべく音を立てずに、ケハヤと共に柵から外へ出る。鼻の利くケハヤの進む方角に間違いはない。かつての村へ続く道を黙々と進むうちに、だんだんと空が明るくなっていく。男たちは村の近辺で夜を明かし、見通しが利く頃まで待機しているのだ。山のざわつきの原因は、奴らで当たりだろう。

絶対に、おなごの邑まで行かせない。奴らの待機は絶好の機会だ。ケハヤは木立の陰に隠れる体勢のまま、ずっと低く唸り続けている。今にも飛び出したくてうずうずしている。それを婁（ロウ）が抑えていた。

「いいか、ケハヤ。あ奴らは集団で襲ってくる。なんとしても食い止めろ。油断するでないぞ」

「ワウッ」

任せろ！　と答えたように婁（ロウ）には聞こえ、頼もしい相棒が傍らにいる今こそ、ケハヤに出会えてよかったと心からそう感じた。

「ケハヤ、あ奴ら全員の顔を、覚えろ」

何十人もの足音が聞こえた。山へ入る様子を木立の影から監視する。男たちは武器の棍棒、鎌、縄、短槍を摑み、それぞれが歩みを進めている。

先頭を歩く男は、矛呂（ムロ）。婁（ロウ）は矛呂（ムロ）をよく知っている。怪羽矢（ケハヤ）の長兄で、兄弟の中で最も残忍な奴。始終母親を殴打していたのも矛呂（ムロ）で、怪羽矢（ケハヤ）は何度歯向かっていったかしれない。強さをひけらかし、女を見る目は家畜を見るようだった。矛呂（ムロ）が指揮を執っているなら、決死の覚悟で挑まねばならないだろう。差し違えてでも邑へ行かせてはならない。矛呂（ムロ）に支配された村など、以前の村の比にはならないくらい酷いものになると、容易に想像できた。

角（カク）がいる。男の集団に挟まれ、縄で手を縛られ、猿ぐつわを咬まされている。逃げるようにと文を渡したが、間に合わなかった……。

「人質ということか……」

角（カク）を使い、婁（ロウ）を誘き寄せる魂胆に違いない。

「そうはさせるか……」

声を抑えつつも、腹の底から憤りが湧く。まさか初っ端から襲われるとは露ほども思っていない男たちの表情は、間延びしている。婁（ロウ）はケハヤに、

「わしを援護するでないぞ、誰一人奥へ行かせるな」

そう言い置くと、すぐさま婁（ロウ）は男たちの前に飛び出した。

暗闇の最中、婁（ロウ）と山犬が「おなごの邑」から出る姿に、大木の幹と枝の境目に跨る姿勢のまま眠っていた猿のような男が気付いた。ここ数日、むやみやたらに山を駆け回っていたのも知っている。それと前後し、一人二人、奴のような男が、度々森で迷っているのも知っている。

婁（ロウ）の日常では、珍しい現象に思えたが、だからといって特段邑の様子に変わりはなかった。

猿のような男は、妻（ロウ）がまだ少女だった頃から知っていた。少年と共に山を切り開き、水路を設け、いつの間にか娘一人が家屋を建て始め、山犬が住み着き、徐々に女たちが増えていく様を見てきた。

この猿のような男は難波側の小村で生まれたが、身体が小さく言葉も遅く、顔形も猿のようだったから、強い男たちから散々いじめられ、辛く悲しい思いが頂点に達した時、山奥へ逃げた。たった一人山で生き抜く苦労は並大抵ではない。人を襲う動物から身を守るには、同化しなければならないことも覚えた。逃げる手立てに、木登りも覚えた。山の実りのおかげで食うことだけは心配いらなかった。妻（ロウ）を知るようになってから、こっそり彼女を遠くから見つめることが日々の楽しみになり、邑は極楽浄土のように思え、何故自分は女に生まれなかったのだろうと悔やんだ。

妻（ロウ）たちの暮らしは、猿の理想そのものだった。争いはなく、いじめもなく、あちらこちらで笑い声が飛んでいるが、各々懸命に働いている。和を乱す者は一人もいない。

妻（ロウ）は孤高の戦士のようでもあった。山で迷った女二人を救い、男二人をやっつける。妻（ロウ）に気付かれない程度に、邪魔者には少しだけいたずらした。邑を穢そうとする輩はお断りなのだ。

不比等から協力を請われた際、邑を穢すようならとことん邪魔するつもりで請け負った。馬鹿正直になるつもりは微塵もなかった。邑の様子を探るように指示されても、邑にとって不利になるようなことは敢えて話していなかった。

いつものように慎重に婁と山犬の後を追った。木から木へ飛び移りながら、見逃さないように追った。すると、一刻も経たないうちに、婁と山犬は木の陰に蹲った。猿は耳を澄ませ、鼻をひくひく動かした。声を落としているようだが、人の気配を察知した。それも一人や二人ではない。かなりの人数だ。人臭さも尋常ではない。怒気を含む臭気が猿の鼻につく。だんだんと音と臭気が近づいてくるようだ。

薄闇の中、目を凝らしてみると、かなり離れた先から婁と山犬が蹲っている方へ向かってくる。それを承知している婁と山犬が待ち構えている。

「あの娘があぶねえ……知らせにゃ！」

猿は瞬時に身を翻し、急ぎ都へ向かった。

婁は腰に下げた縄籠から鋭角の石を次々に掴み、男たちの顔目掛けて思いきり投げた。

「うわっ‼」

先頭数人の顔面に尖った部分が命中すると、突如襲った痛みに身体を丸め、次々とその場に蹲った。

「いてーっ‼」

「獣かっ!!」

「何だ?!」

「どうしたっ?!」

幾つもの怒号が上がったその時、すかさずケハヤが後方から男の背中に飛び掛かる。

「ぐえっ！」

前後から襲撃を受けた集団は、隙を狙って逃げ出す者、蹲った男を救おうとする者、応戦の態勢をとる者に分かれたが、逃げ出す者にはケハヤが瞬時に追いつき、頭部へ咬み付いていく。咬み付かれた者は、暴れ回って山犬を払おうとするものの、ケハヤが俊敏に躱（かわ）し、瞬く間に次の男へ飛び掛かる。妻（ロウ）は蹲った者には構わず、今度は狙いを定め、振りかぶって手矢を放った。次々に射抜かれた者が倒れていくが、難を逃れた男らが、妻（ロウ）に向かって走ってくる。

「うおやあーっ！」

次の手矢を放とうとしている妻（ロウ）の死角にいた男が、妻（ロウ）の後方から鎌を振り上げた。だが妻（ロウ）は、まるで後ろに目があるかの如く、くるりと向きを変え、刺される寸前、矢を男の眉間に突き刺した。そこへ縄が飛んできた。避けようと後方へ下がったそこに、棍棒を持ち上げたまま待ち構えている男が、勢いよく妻（ロウ）へ打ち下ろす。頭上に落ちる寸前、妻（ロウ）の両手が摑んで止め、そのまま力を込めて押し出した。押された棍棒は男の首を直撃し、ぐえっという声と共に倒れた。

その時、震えたまま棒立ちに突っ立っている角と目が合った。刹那、婁が叫ぶ。

「逃げろ!!!」

婁の声で正気を取り戻した角が、奮い立つかのように瞬時に頷くと、男らがケハヤに襲われている混乱の隙をつき、思いきり押したくって走りだす。両手が縄で縛られ、動きが鈍くても構わず、猿ぐつわのままがむしゃらに走り去っていく。角に注視していた婁へ、今だとばかりに飛び掛かってくる男の動きは既に読み切っている。腕を掴んで、ぐるりとひっくり返した。そのまま地面を蹴って飛び上がり、とどめに足蹴りをくれてやる。

数では圧倒的に不利であるにもかかわらず、婁とケハヤの闘志に圧倒された男らは次々に倒れていった。力というよりも、死をも厭わない気迫が、男らよりも優っていたということなのかもしれない。そもそも、女を奪い返す意気込みが男らに本当にあるのか疑わしい。集団という強みに甘え、たかが女一人と侮っていた怠け癖が抜けきっていなかったのではあるまいか。

そうこうしている間も、別の男が尻込みしながら槍で突いてくるのを、婁はひょいと跳ね避けながらタイミングを狙い槍を蹴とばすと、たちまち男は身一つの頼りない状態になる。男の手を離れた槍は空を切って、そのまま落下する。すかさず婁が顔面目掛けて蹴り飛ばし、「ぶはっ!」という声と共に男は後ろへ倒れた。

婁の体勢が崩れた隙に、また別の男が鎌を振り下ろす。地面に手を突いていた婁が瞬時に草と土を掴んで男へ投げつける。「ゴバッ」という言葉にならない奇声を上げ、目に入った土で視界が閉ざされてしまったところへ、力の限り腹に蹴りを入れた。「グヴッ」と声を放ったま、男は腹を抱えながら地面へ倒れていった。

しかし、倒しても倒してもなかなか減らず、次から次へと男らは襲い掛かって来る。数十人もの集団を一掃するには、婁(ロウ)とケハヤだけでは到底無理があった。

「さかしらに……」

男らが構える後方から、嘲るように笑いを含んだ声が掛かった。その声の主がゆっくりと男らを押し退け、前に出た。

「矛呂(ムロ)……」

それは男たちの中で最も狂暴なリーダーだった。

「なんと!!!」

就寝中に起こされた不比等は、寝着のまま報告を受けて固まっていた。

猿は、人の速さとは思えない短時間で都にある不比等の屋敷へ飛び込み、門番へ知らせた。

門番が不比等を起こし、猿の通訳もこなし、緒佐可(オサカ)もその騒ぎで起きてしまい、事の次第が明らかになった。

「緒佐可、奴らの塒がどうなっているかすぐに行って調べてこい！」

緒佐可も寝着だったが、事が事なだけに着替える時間が惜しく、そのまま屋敷を飛び出した。

「衛兵と腕に覚えのある者をすぐに用意いたせ！」

不比等が門番にそう言い放つと、首肯した男は慌ただしく客間を出た。そのまま待つように猿へ言い置いた不比等は、着替えるために客間を出た。

「一体どういうことなのだ……」

不比等は混乱していた。おなごの邑の周囲には常に監視の目を置いていたのだ。異変があればすぐに不比等の耳に入る手筈になっていた。だから甲呂魏の暴走も大事になる前に処理できた。何故今回に限り、こんな事態になるまで気が付かなかったのかが皆目分からず、苛立ちが収まらない。だがそれも、不比等の一団が屋敷を出る頃には全てが判明した。

「ばかもの‼」

頭に血が上った不比等は大音声で怒鳴り、緒佐可を拳で殴ると、急き立てられるように馬へ跨った。

「報告するようなことではないと……判断致しました故……」

「断じるのは、緒佐可ではなかろう‼」

村の男らが代わる代わる具合が悪いと言い作業を休んでいた一件と、猿がおなごの邑周辺で目撃した男らの一件がつながった。言葉が通じない猿を野放しにした己を悔やんだ。たとえ婁(ロウ)に気付かれようとも、部下にさせるべきだったのだ。

「いそげ……」

既に夜は明け、朝日が眩しい。今ごろ邑は乗っ取られているかもしれない。まだ婁(ロウ)は健闘しているのか否か、焦るあまり、駆け抜ける振動が呼応するように背筋を嫌な汗が流れていた。

「間に合ってくれ……婁(ロウ)、踏ん張るのだ！」

馬上から見える二上山の中腹に目を凝らしながら、不比等は呟いた。


「おなごにしては……まあ褒めてやってもよいか……」

気味悪く、矛呂(ムロ)が薄笑いを浮かべている。

婁(ロウ)とケハヤの素早い攻撃は止まっていた。ケハヤと後方の男らの闘いは、一方的なケハヤの攻撃が効かなくなっていた。不死身な肉体を持つ生き物などこの世にいない。既に数十人に飛び掛かり、咬み付くケハヤとて、消耗し疲れていた。呼吸も荒くなっている。男らも馬鹿は馬鹿だが、やられっぱなしではない。山犬が男に飛び掛かると、そこへ数人が寄ってたかって武器を振り回すようになっていた。いくら俊敏なケハヤでも、同時に襲われれば逃げるしかない。

両者は膠着状態に陥っていた。婁(ロウ)の吐く息はケハヤ以上に荒い。だが、事態はもう動きだしている。疲れていようが苦しかろうが、今さらやめるわけにはいかないのだ。奴らをおなごの邑まで行かせるわけにはいかない、絶対に。

婁が再び構えの姿勢をとると、すかさず男らが円陣を組み、婁を囲んだ。円陣の中には、矛呂、木津津木、四々、史刻、そして怪羽矢の父羽矢手がいる。矛呂は動かない。四々と史刻が同時に鎌を振り上げながら向かってくる。その隙をつき、円陣の外で待機していた句季と加馬がおなごの邑の方へ走っていく。婁は、四々の鎌を素手で受け、史刻には蹴りで応戦しながら、声を張り上げた。

「ケハヤ!!　逃がしてはならぬ!!」

婁の叫びに即座に反応したケハヤが二人を追いかけ、先に句季へ飛び掛かった。

「ぐえっ!!」

倒れ込んだ句季を後ろ足で蹴り、その勢いのまま、先へ逃げる加馬に飛び掛かる。

「ぐっ!!」

この間に羽矢手が婁に襲い掛かっていた。羽矢手の攻撃は凄まじかった。長縄をびゅんびゅんと鞭のように使い、婁の行く手を悉く遮る。婁に対する憎悪はその表情からも伝わってくる。息子の怪羽矢を奪われた憎しみは、この集団の中では誰よりも強い。ビュン！　という鋭い音と共に、目にも止まらぬ速さで迫ってくる縄を、婁は飛び上がり屈んで避ける。羽矢手は赦なく何度も繰り返す。だんだんと躱す威力が落ちて婁の動きは鈍くなり、鞭のような縄を、身体のそこかしこに受けてしまうことが多くなり、身体の至る所から血が滲んでいた。特に肩の打撲と損傷が激しく、刺すような痛みに耐えられず、ついに婁が片膝を突いたその時、待ってましたとばかりに木津津木が棍棒を振り回し脇腹に叩きつけた。苦しくて、気を失いそうだったが、生来の負けん気で、辛うじて睨み返してやるものの、木津津木は狂気を伴った嘲笑いで、より一層婁を煽る。

　悔しかったが、どうにも身体が動いてくれない。とうとう婁は脇腹に受けた棍棒を握ったまま呼吸もままならなくなり、その場に崩れ落ちた。

「げへへへ、くたばった。くたばった。馬鹿めっ、はなせっ！　こらっ！」

　苦しかった。もう疲れたし、身体中が痛い。けれど、女たちの顔を思い浮かべると、痛かろうが苦しかろうが、諦めるわけにはいかない。へらへらと笑う木津津木の声を微かに聞きながら、婁は腕に最後の力を込める。

「くそっ！」

　グッと棍棒を握り直すと、倒れた姿勢のまま、笑う木津津木目掛けて押し込んだ。

「ぐわっ!!」

　顔に棍棒が押し込まれ、その勢いで木津津木が後ろに倒れた。そこまでしかできなかった。

婁（ロウ）の力は、枯渇していたのだ。

「てめーっ!! いてーじゃねえかっっ!!」

よろよろと、婁（ロウ）が上半身だけ起き上がる。ケハヤは、後方で集団から抜け出す奴がいないか目を光らせ、唸っていた。

木津津木（キッツキ）が再び婁（ロウ）に棍棒を振り落とした。ガツンという音と共に婁（ロウ）が再び倒され、右に左にぐるぐると地面を転げ回って逃れるものの、やがて別方向から静かに歩み寄ってくる足音が聞こえると、間もなく婁（ロウ）の腹に、矛呂（ムロ）が槍をぶっ刺した。

「ぐっ!! ぶはっ!!」

心臓を一突きにしなかったのは、痛みにのた打ち回る婁（ロウ）を見物するためだ。

その時、ケハヤが「ウォーン」と、遠吠えするほどの大音声を上げると、矛呂（ムロ）目掛けて走り出す。地面を蹴って飛び掛かる目前、木津津木（キッツキ）の棍棒がケハヤに命中した。ケハヤは飛ばされ、地面に叩きつけられるものの、すぐに翻し、再び飛び掛かろうとする。だが、男らがケハヤを阻止するように暴れ回り、追いやる。それでもケハヤは、何度も男らに飛び掛かっていく。身体中にケガを負い、既に咬み殺す力がなかろうとも咬み付いた。愛しい主、婁（ロウ）を守るためなら死ぬことも惜しくない。まさに捨て身の奮闘だった。

それを矛呂（ムロ）は横目で見ながら、冷めた視線で婁（ロウ）を見下ろした。

「目ざわりじゃ……おなごは、わいらのもんだ」

そう言うと矛呂が最後の一撃、もう一つの槍を振り上げた。

「グッ!!」

振り上げた矛呂の槍が突然弾き飛ばされ、カランと無機質な音を立てて落ちた。

「コノッ！！！」

矛呂が男らを睨め付けた。快感の一撃を邪魔する奴は許さないとばかりに周囲を見回す。一瞬、異様な静寂が起こった。

すると、集団の後方から弓矢がびゅんびゅんと飛んできた。立っている者を悉く殺すつもりの猛攻撃だった。躱す間もなく、行き場のない誰もが、地面に伏せるしかなかった。そこに大音声が放たれた。

「奴ども！　国事をおろそかにし、逃走を諮った罪は重いっ！　覚悟せよ!!」

馬に跨ったまま、ゆっくりと男らへ歩み寄ってきたのは藤原不比等。

「動くでない！　緒佐可、奴ら全て捕えよ!!」

「はっ！」

不比等の後方に控えていた衛兵たちが一斉に動きだす。衛兵の出現は男らの勢いを瞬時に萎えさせるほどの威圧になり、唯々諾々と縄で括られていく。あれほど高慢だった羽矢手や矛呂も、敵わない相手には人が変わったかのようにおとなしく括られていた。

一方不比等は、馬上から婁の姿を懸命に探し、仰向けに倒れている婁を見つけるとすぐさま駆け寄った。

婁にはケハヤが寄り添い、血だらけの顔を懸命に舐めている。身体の至る箇所からも血が滲み、腹には槍が刺さった状態のままだった。婁の胸元に耳を当て鼓動を確かめる。微かに動いていると分かると、パシパシと頬を叩き、勢いよく呼びかけた。

「婁！　わしじゃ、不比等じゃ！　しっかりせい‼」

腹に刺さったままの槍が忌々しい。憤然と槍を抜いた途端、ぶわっと血が噴き出した。慌てて布を腹部に当て止血するものの、あっという間に布が真っ赤になっていく。すると、槍を抜いた時の痛みで婁が覚醒した。すぐさま婁を抱え、胸元に寄せ、汚れ切った髪を優しく撫でた。

「むらは……」

微かに婁の瞼が開く。不比等は安堵の余り、笑顔が零れた。滅多に笑わない不比等が笑みを浮かべるほど、婁の存在は大きい。

「……無事じゃ」

傷だらけの顔も労るように拭っていく。婁の口元が動いた。

「よかった……」

そう言っているように聞こえた。

婁（ロウ）の表情も安堵の笑みを浮かべているようにも見える。

「ばかもの……何故わしを頼らぬ……」

止血した布は、既に真っ赤に染まっている。婁（ロウ）の身体から血の気が抜け、生気まで抜けていく。こんなにも呆気なく逝ってしまおうとしている婁（ロウ）に腹が立ち、だから詰（なじ）ってしまったのは、生きてほしいが故の精一杯の説教でもある。

傍らではケハヤが婁（ロウ）の手を懸命に舐めている。

「おの……こに頼……れば……おな……ごの邑じゃない……」

間近まで耳を寄せなければ聞こえないほど消え入るような声だったが、しかし言っていることはどこまでも婁（ロウ）らしい言い草だった。

ケハヤに舐められている手で、弱々しい手つきでケハヤの顔を摩りだす。常にそばにいてくれたケハヤに対する感謝のしるし。ケハヤが一緒に戦ってくれたから、なんとか食い止めることができた。

それに比べ、自分は無能を晒したようなものだ。ケハヤに守ってもらわなければ、礼を言う暇もなく、とっくに死んでいた。本当は抱き締めて、身体中撫で回してやりたいのに、もうそんな力はない。

「わしが来なければ、邑はなくなっておったのだ。命を無駄にしおって……」

その通りだ。不比等が助けに来なければ、あともう少し遅ければ、おなごの邑は奴らの手に渡っていた。だから、素直に婁は謝った。

「そう……だな……す……まぬ……」

たまには素直になるのも悪くない。既に無我の境地に足を踏み入れているのかもしれない。

急に不比等が軽々と婁を抱え上げ、歩き始めた。

「すぐに手当てをする。婁、逝ってはならぬぞ」

婁の視線のすぐ上に、不比等の顔が見える。こんなに至近距離で男の顔を見るのも久しぶりだと、緊迫感がまるでない婁の心境は妙に落ち着いていた。そして、瀕死の友を救おうとする男の真剣な眼差しは、婁の心を妙に昂らせてもいた。不比等自身が言う通り、頼り甲斐は怪羽矢と同等だ。

やり抜いた達成感はある。生き抜いた充実感もある。残るはただ一つ。

「…つ……頼ん……でい…いか……」

不比等が婁を筵の上に横たえた。

「なんだ？」

そう答えながらそばに控えている男から竹筒を受け取り、それを口に含むと、血の滲んだ布を剝ぎ取り、傷口へ何度もブッと吹きかけ消毒をする。まっさらな布へ膏薬を塗り込み、それを傷口に当て、止血のためにきつく縛った。その過程を、妻はただ他人事のような感覚で上から見ている。何をされても、染みも痛みも感じない。ただ不比等の懸命な姿だけがありがたかった。

「おなご……たちを……守って……ほ…しい……」

不比等の耳に届くよう必死に声を出す。動作を止めずに返ってきたのは、怒鳴り声だった。

「妻の役目であろうが！」

ちらりと妻へ向けた視線が厳めしい。腹の傷は思ったより深く、当てた布にみるみる血が滲んでいく。邑への執着に対し、己の命をあっさりと諦める妻に怒りが込み上げる。

「頼……む……」

妻が、重ねて懇願する。

「妻がせよ！」

「……頼……むよ……」

同じ問答が繰り返されていく。替えても、替えても、瞬く間に布が真っ赤に染まり、妻がすぐにも逝ってしまいそうで、不比等は気が気ではない。

「……分かったから！　もう黙れ！」

そう答えるしか婁（ロウ）を黙らせる術がなかった。

婁（ロウ）は黙らなかった。もう時間がない。

「お…のこ……では……ぬ……しが三番目に……好…きだ……」

そう宣った。通常の心理状態では考えられない告白に、思わず厳めしかった表情が途端に崩れ、噴き出した。

「なにを！　一番ではないのか?!」

怪羽矢（ケハヤ）が怒るからさ、と言いたかったが、もう声が出ず、「へへ……」と擦れた音を出すだけだった。新しい世界を見せてくれたことでは、感謝しかない。

青く澄み渡った空が眩しい。異様に眠い。ケハヤの舐め方が、一層強くなる。ケハヤの気持ちが嬉しくて、婁（ロウ）も微かに指を動かし、ケハヤに応える、「大丈夫、安心しろ」と。そうしている間にも、婁（ロウ）の顔色は言葉と裏腹に青白く澄んでいく。

「婁（ロウ）は、わしのどこを見ておったのだ。今後はわしをしっかり見よ。すれば必ずや一番になる」

婁（ロウ）が笑う。そうかもしれないが、そうはなりたくなかった。今以上、不比等の良さを知ってしまうわけにはいかない。

「だから、生きろっ！」

一段と声を強め、婁を鼓舞する不比等の声が、もう遠い。視界がだんだん霞んでいく。身体が急に軽くなる。遥か遠くから、駆け寄ってくる人影が見える。

あれは、そう、ずっと、ずっと会いたくて、会いたくて、泣いてしまいそうだから会いたいのを我慢していた、愛しい只一人のひと……。

「もう……疲れたんだ……やっと怪羽矢に会える……」

この世に生を受けてから最も幸せそうな表情を浮かべ、うわ言のように呟いた直後、婁の瞼が閉じて頭がガクンと垂れた。

「……婁、おい！　婁、起きよ！　婁!!」

何度身体をゆすっても、頬を叩いても、二度と婁が目覚めることはなかった。

不比等の行動はいつにも増して速かった。墳墓作業を抜けた奴全員、その場で首を切る極刑にし、おなごの邑の女たちは皆、元の村に戻ることを命じた。災いを齎す男はもういない。襲ってくる心配もない。婁が生きているのならまだしも、応戦して戦う女はもういないのだ。

村には世知に長け、纏める能力がある危がいる。爺婆もいるものの、女たちは知恵を身に付けた。もし仮に、夫を持つ機会が再び巡ってくることがあったとして、泣き暮らす日々が再現されることはない。そして、こうなることが婁の本意だろうと、不比等は確信していた。

女たちは、婁から与えられた名をそのまま使うと誓った。房と牛も、危の村で共に生きると決めた。山辺皇女という女はこの世から本当に消えた。

「不比等様、色々とご尽力頂き、誠にかたじけのうございます」

日々の暮らしが落ち着いた頃、父の危は不比等の邸宅を訪ねた。婁が亡くなったことを知ったのはあの日の正午過ぎだった。緒佐可が危に報せ、取るものも取り敢えず現場へ駆けた。筵に寝かされた婁を見つけた途端、身体が硬直してしまった。動くことのない婁の顔をケハヤが懸命に舐め続けている光景を、ただ茫然と眺めていた。

不比等は、縄で括った男らを無言で睨め付け、衛兵らが順々に首を切っていく様を静観していた。全ての処断が済むと屍を集め、纏めて土に埋める指示を与えた。危は、何が何だか分からず混乱するばかりで、亡骸となった婁のそばで立ち尽くしているだけだった。

危の元に不比等がやって来たのは、その後だ。

「危殿、婁は立派に邑を守りましたぞ。褒めてやりましょう。奴の集団を婁がほとんど一人で打ち倒したようです。亡くなる直前の婁は、本当に幸せそうに笑っておりました……」

衛兵が次々に首を切っていった奴らは、都で墳墓造営作業をしているはずの村の男たちばかりだった。その成り行きに戸惑うばかりで、危は一向に経緯を摑めていない。一番肝心な、何故妻（ロウ）が死ななければならなかったのかが分からない。

「いったい……何が？……」

「おなごの邑が奴らに知られました」

「………‼」

「女を奪い返そうとしたのでしょう。妻（ロウ）は事前にそれを察知し奴らを待ち受けました」

まさかと、耳を疑った。

そんな話は初耳で、そんな気配すらなかったのだ。妻（ロウ）は何も言っていなかった。

「そんな……わしは……何も知らなんだ……」

「こちらもそれなりに監視していたのですが、気付くのが遅過ぎました。危（キ）殿に話さなかったのは、妻（ロウ）の信念故でしょう……。妻（ロウ）らしいと言えばそれまででしょうが……。わたしが急いで駆けつけた時には、既に瀕死の状態で、もうどうしようもなかった……」

悔しさを隠そうともせずに、不比等の目には涙が滲んでいる。

「あ奴らが妻（ロウ）を？……」

「一人の女に集団で寄ってたかってかかっていく。同じ男として、生かしておくわけにはいかぬ」

次いで不比等の形相が凄まじく歪み、男らに対する侮蔑を顕わにした。何故という疑問がい

りも都が相応しい。不比等も同感で、二人とも婁と血のつながりはないが、まるで婁の男版を見ているような子どもたちだ。婁の生き様を間近で見ていた者がそばにいるのもいい。

「感謝致します」

「婁の生きた証ですから、大事にします」

　不比等にくどいほど礼を言い、危は村に戻った。女ばかりが、忙しく立ち働いている。誰も怠けている者はいない。罵声も聞こえない。子どもたちも元気だ。胃は婆に縄を綯う方法を教わっている。虚は爺の手を引き、厠へ連れていっている。亢は室のそばで、碾いた粉を振るっている。女は斗をおんぶしながら子守をしている。誰もが、誰に言われるでもなく、自分の仕事を見つけている。

　お調子者の角は、あられもないくらい泣き喚いて後悔していたが、ほとぼりが冷めると、ちゃっかり羽鳥の元へ戻り、商いに精を出している。

「お戻りなさいませ」

　赤子の襁褓を洗っていた房が、危に声を掛けた。

「婁の奴……」

　危は心の中で悪態を吐いた。

「……戻りました。精が出ますな」

「洗っても洗っても、間に合いませぬ」

如何にも愚痴のように話す房の表情は、決して嘆いているわけではない。むしろ日々の煩わしさを喜んでいるかのようだ。

「……赤子のうちだけです」

山辺皇女から「房」という名に変わったその人は、妻の房と面差しも似ていた。

あの日、房と初めて対面した時、妻がこの世に舞い戻ってきたのかと錯覚した。驚きの余り、暫く茫然と房を見つめ続けていた。

「ええ、おっしゃる通りでございますね。今、この時を大事に思います」

危は、意外な話題を房へ伝えた。

「……そういえば、本日不比等様から、二上山に大津皇子様の墳墓を造営する計らいがあるというお話を伺いました」

理不尽な世の中に歯向かうかのように、夫が自害したあの日を忘れることはできないが、婁を筆頭に女たちと暮らしていくうち、あの頃の常に拭いきれない不安な日々はもうなかった。おなごの邑での暮らしは終わったが、婁の父が束ねるこの村の暮らしも、穏やかで気に入っている。危は聡いうえに懐が深く、親しみやすさがある。どこか、懐かしさを感じないでもない。この村でなら、夫と睦まじく生きることができたのにと、ここのところ頻繁に夢想していた。

まるで、夫が応えてくれたかのような良い報せだ。

「そうですか……あの方は二上山を殊の外愛しておいでした。奇しくも生き永らえたわたくしが、二上山で暮らすよう許されたのは、あの方なのかもしれませぬ。斗と共に、心安らかに暮らせるようにと……」

危は黙して聞いていた。

縁のある男と女というものは、亡くなってもまた出会う宿命にあるのかもしれない。その縁を慈しみ、生きる力に変えていく。婁も然り、危も然り、山辺皇女こと房も然りだ。これが天の采配であるのなら、天というものは洒落た真似をするものだと、ありがたく幸いに思う。

「婁様は命に代え、わたくしどもを守り抜いてくださりました。ですが、わたくしはまだ皆様に甘えてばかりです。わたくしは婁様を始め、皆様をとても愛しく思います。きっと、必ず恩返しができる日がくるはずでございます。それまで、どうか、斗とわたくしをここに置いて頂きとうございます」

婁は山で出会った時から、母と瓜二つの山辺皇女を見て、母の再来を信じて疑わなかったのだろう。だから同じ名を付けた。まるで、「とうさ、婁がいなくても淋しくないだろ。仲良く暮らしてくれ」とでも言いそうな、心憎い贈り物を残して逝ったようだ。

「何を馬鹿なことを。この村は誰もが房殿と共に生きていくと、思うておるのですぞ。いつまでも末永く……ゆったりと、心安らかに生きて参りましょう」

そこに、泣き喚く斗(ト)を抱いた牛(ギュウ)が、忙しなく駆けてくる。

「おひい……房(ボウ)様！　斗(ト)ちゃまが泣いております！　そろそろお乳を！」

その騒々しさに、思わず危(キ)と房(ボウ)が目を合わせ微笑み合う。危(キ)に寄せる房(ボウ)の眼差しには、敬愛が込められている。ひょっとして、いや、近い将来、房(ボウ)の首にはあのヒスイの飾り物が掛かっており、また一人、赤子が誕生するという吉報が齎されるかもしれない。

「そう、そう、それが我らの願いだ」

微笑みを浮かべる婁(ロウ)と怪羽矢(ケハヤ)の声が、聞こえてくるかのようだった。

著者プロフィール

渡邊 なおみ（わたなべ なおみ）
1968年山梨県生まれ
43歳から書き始め、今作が初出版

皇女（こうじょ）と宿星の女たち

2025年３月15日　初版第１刷発行

著　者　渡邊 なおみ
発行者　瓜谷 綱延
発行所　株式会社文芸社
〒160-0022　東京都新宿区新宿１－10－１
電話　03-5369-3060（代表）
03-5369-2299（販売）

印刷所　TOPPAN クロレ株式会社

© WATANABE Naomi 2025 Printed in Japan
乱丁本・落丁本はお手数ですが小社販売部宛にお送りください。

送料小社負担にてお取り替えいたします。

本書の一部、あるいは全部を無断で複写・複製・転載・放映、データ配信することは、法律で認められた場合を除き、著作権の侵害となります。

ISBN978-4-286-26289-5